THE OWNER IS STRONGEST
IN THE PARALLEL UNIVERSE

異世界最強は大家さんでした

1

ゆうたろう

ILLUSTRATION okama

Persons

ノリちゃん

純真無垢な神竜の子供。
イサオの唯一の家族。

井川勇諸〈イサオ・イガワ〉

歴代最強の【勇者】として
世界に召喚された青年。
ノリちゃんを溺愛している
極度の親バカ。

大家さん

イサオのアパートの大家さん。最強。

THE PARALLEL UNIVERS

オルテナ・レーヴァンテイン
【闇姫】の異名を取る、Sランクの冒険者。
クルル
貴族・カイナッツォ家のご令嬢。
マイラ・レガース
冒険者ギルドで一番人気の、巨乳受付嬢。
ドット
イサオに師事しているわんぱく坊主。
THE OWNER IS STRONGES

THE OWNER IS STRONGEST
IN THE PARALLEL UNIVERSE

目次

プロローグ

やっと家に着いた。

数日にも及ぶ魔物の討伐任務を終えて、さっきこの皇都に帰ってきたばかりだ。

未だ慣れない馬車移動の疲れもあって、俺はギルドへの報告を明日に回して家のベッドにダイブすることに決めたのだ。

目の前には古びたアパート。腐りかけの手すりに触れることなく、今にも崩れそうな階段を上り、借りている部屋のカギを開けて中に入る。

自身へのささやかなご褒美として買った安酒を片手に「あ～疲れた～～」とか、自然に漏れ出るオヤジくさい独り言が、狭い玄関に悲しく響く。

そうして思わずため息を吐きながら靴を脱いでいると突然、室内から声がかけられた。

「……おかえり」

「……」

おかしい。絶対におかしい。

確かに今の会話を客観的に見たらおかしいところなど無い。家に帰る。「おかえり」と言われる。

誰がどう見ても当たり前のやり取りなのかもしれない。誰だって家に帰れば家族とそんなやり取りをするのかもしれない。

だが、俺の記憶が確かならば、俺は異世界に飛ばされてきた日本人で、こちらの世界には人間の家族はいなかったはずだ。

だから、今こうして部屋のちゃぶ台の前に正座し、湯呑みで茶を啜《すす》っているババアは少なくとも俺の家族ではない。

家族でも何でもない赤の他人のババアにおかえりと言われ、ただいまと返す義理など1ミリもないはずだ。

未だ混乱から抜けきらない俺に、ババアは不機嫌そうに告げる。

「ただいまも言えないのかい？　全く近頃の若いモンは……ぶつぶつ」

そもそも、中世ヨーロッパ全開のこの異世界で、その異世界住民が正座をし、湯呑みで音を立てながら茶を飲むとか、突っ込み所が多すぎて頭が痛くなる。

勝手に家に入んなとか、勝手に茶を淹れんなとか、色々言いたいことはある。

人にとって我が家とは絶対不可侵のプライベート空間だ。

裸になることも許されるし、酒を喰らって良くない酔い方をすることだって許される。見られたくないものだってあるし、おいそれとやましいモノを見られる心配をしなくていい自分だけの空間、それが我が家であるはずだ。

それを無視して目の前のババアは堂々と茶を啜っている。

これは、例えば国家で考えると宣戦布告に等しい暴挙と言っても過言ではないのではないか。だとすれば俺もこのババアにはそれ相応の態度と対応を示さなければならないはずだった。年長者を敬えとか、年寄りを大事にとか、そんなモラルや道徳以前の問題として、ババアは俺の聖域を侵した侵略者なのだ。

俺は怒りに拳を握りしめババアの横顔を睨み付けると、スッと両手を胸の前で合わせた。

「あ、あの、本日はどんな御用でしょうかぁ～～？」

屈辱の高速揉み手だった。

異世界に勝手に召喚され、あれよあれよという間に勇者に祭り上げられたあげく、魔王討伐までやらされて（魔王は殺してない）帰ってきたら、見解の不一致と、言うこと聞かない奴は邪魔だということでポイ捨てされ、世界最強の戦闘力を有しながらも、今はしがない冒険者として日銭を稼ぐ毎日。

理由なく生き物を殺したくないという譲れない部分もあって、お金になる討伐任務を避けていると、結局は大した収入も無く、勇者として活躍していたころの資金はポイ捨てされた時に凍結されてどうにもならず、必然的に住むところは苔生したボロアパートになってしまった。

といっても今住んでいるこのアパートよりコストパフォーマンスの良い物件はそうそう無いわけで、ここを出ていくわけにはいかない。よって大家さんに下手打つことは出来ないという極めて冷静かつ論理的に考えた結果が先ほどのセリフだった。

だが、ババアはそんな事情を考慮しない。

一応、名目上俺は世界を救ったハズなのだが、王様は別人を勇者として公表してるし、ババアがそんなこと知るよしもない。

平和主義な俺は泣き寝入りするしかないのだ。

そこで俺はふと思い出し、火を噴きそうな勢いですり合わせている手を止める。

先月の家賃の更新料はなんとか支払ったはずだ。俺のメインウエポンである聖剣を質に入れて払ったんだから間違いない。何も負い目など無いはずだ。

だとすれば許さんぞババア……。

たとえオーナーだとしても、家賃も更新料も払い、何の負い目も無い真っ当な借主の家に勝手に侵入し、さらにはとっておきの煎茶を勝手に飲む。よく見たら、楽しみにキープしておいた近所の人気店「サイキルパ」の『ふっくら香ばしい焼き菓子セット』（２０００ギル）まで食ってるじゃねえか。

いくら一般人で家主だからといっても、事と次第によってはこの質屋から取り戻したばかりの聖剣のサビにして――、

「あんた、ペットを飼ってるみたいだねぇ……？」

——ピシッ

俺は固まった
同時に言い知れぬ怒りが腹の底からふつふつと沸き上がってくる。

——ペット……だと……？


ペット不可のアパートでペットを飼っている不届き者。

何も知らぬ者からすればそう見えるのかもしれない。

なぜなら俺は、神竜の子供『ノリちゃん』と一緒に暮らしているからだ。

確かに若い兄ちゃんが1歳児くらいの大きさの竜と一緒にいれば、低位の竜族を使役しているか、飼っているかと勘違いしてもしょうがないだろう。

だがここは断言させてもらいたい、これは絶対に譲れない。退くわけにはいかないのだ。

ある日突然異世界へ飛ばされ、家族から離れ、やっと忘れられたと思っていても、ふとした拍子に強烈に沸き上がってくる郷愁の念。

弱いと笑われるかも知れないが、一人で暮らしていた時代、帰ってきた玄関先で立ちすくみ、帰りたい、家族に会いたい、と頭を掻《か》き毟《むし》り泣き叫んだことだってある。無事を伝えたいのにそれを阻む次元の壁に絶望し、神を呪ったことだって数えればキリがない。

だがそんな俺に舞い降りた希望の光。ノリちゃんは俺の全てだった。彼女がいるから俺はこの世界で何とか生きていけるのだ。彼女の存在が俺を正気の縁に踏み止まらせるのだ。この生活を失うわけにはいかない。奪われるわけにはいかない。

そんな彼女が『ペット』なんぞである筈がないではないか。そう、彼女は……、
ノリちゃんは俺の家族なんだ！

「飼ってませんよ……？」

あくまで『暮らして』いるんだ！　万歩譲って飼っていると言われても『ペット』ではない。家族なのだ。断じて曲解ではない。

それがたとえ建前なのだと指摘を受けても問題など無い。パチンコが賭博にあたらないように、建前というのは大事なのだ。

それに俺の言質をとれない以上、ババアに証拠の提示などできまい。

なぜならノリちゃんは今、街外れの霊泉に水浴びに行ったばかりだからだ。

いつもの通りだと、あと数時間は帰ってこない。

幼竜一人で行かせて大丈夫かと心配する者もいるだろう。ですが彼女は世界で俺の次に強いから大丈夫なのです。大人になったらダントツで世界最強になるに違いないのです。

だから俺は余裕の笑みを浮かべ、何を言ってるんですか風にババアを鼻で嗤《わら》った。

「ペットなんて飼っていませんし、大家さんだって勝手に上り込んでるくらいですから家捜しはしたんでしょう？　今だって俺一人ですよ？（笑）」

はい論破。

俺は渾身のドヤ顔をババアにキメた。

しかしババアはあろうことか、不敵に嗤うと何やら確信に満ちた声音で言い放ったのだ。

「おかしいねえ……？　肉屋のカイルさんも、八百屋のデル坊も斜向かいのシエルさんも、近所の美人妻クルスさんもわんぱく坊主のドットも公園在住のメルトさんも、あんたが竜を飼ってるって言ってるんだけどねえ……？」

俺は戦慄に身を震わせた。

みんな俺の知り合いじゃねえか。ていうか何でホームレスのメルトさんからも情報仕入れてんだこのババアは。

だが俺は怯まない。それはあくまで他人の証言であって、物証もない以上、俺が認めなければそれまでだ。

内心の動揺を出さないよう注意しながら俺は言う。

「そんなこと言ったって飼っていないものは飼っていません。用はそれだけですか？　それならばお引き取り願――」

「あるじー　あるじー」

背後から声が聞こえた。

振り向くと1歳児程度の大きさ、雪よりも白い肌（鱗ではない）の西洋竜。おめめクリクリのノリちゃんがいた。

ノリちゃんは神竜。翼はあるが羽ばたく必要は無い。膨大な魔力を制御するだけで飛べるのだ。にもかかわらず、背中で羽をパタパタさせながら小首を傾げ、「あるじーあるじー」と嬉しそうにする彼女より可愛い存在がこの世にあるだろうか？　いや無い（反語表現）。

俺は今すぐ抱きつき頬ずりしたい衝動を何とか堪えて問いかけた。

「あ、ノリちゃんおかえり！　早いけどどうしたの？　泉に行ったんじゃなかったの？」

すると彼女は天使のような無邪気な笑みを浮かべてこう言ったのだ。

「あんなー　ノリなー　せっけんわすれてなー」

なんという破壊力だろうか。意識が持っていかれそうになったではないか。

んもう！　忘れんぼさん！　ノリちゃんったら忘れんぼさんなんだからっ！

「相変わらずドジっ子さんだねノリちゃんは！　でもあるじ、あそこで石鹸使っちゃ『めっ』って言ったの忘れちゃったのかな～？」

「はっ、そうでした！　ノリわすれんぼさんでした！　ノリいってきます！」

ノリちゃんがくるっと背を向ける。俺は慌ててその背に向かって声をかけた。

「気を付けてね。知らない人に付いてったらダメだよ!?」

そう言って送り出そうとした俺に対し、いつも笑顔なノリちゃんは２割増しくらいに眩しい笑みを浮かべて言い放った。

「うんとなー　でもなー　さっきおじさんがなー　ついてきたらアメあげるってゆってなー！」

自身の骨が軋む音がする。ブワリとどす黒い瘴気が噴き上がる。

掴んでいた安酒の瓶が爆散するのを、どこか遠い意識で感じていた。

俺は彼女に優しく微笑《ほほえ》むと、爽やかに髪を掻き上げた。

「ノリちゃん、その汚らわしくて変態でお炉利《ロリ》を嗜まれるクソ虫のおじさんはどこにいるのかな～？　あるじちょぉぉ～～っとそのおじさんとじっくり話したいことがあるんだ」

不自然に声が震えなかっただろうか。

俺は全身を駆け抜ける憤怒を堪えきれずブルブルと震えていた。何ら悪いことをしたわけではないノリちゃんを変に怖がらせてはいけない。彼女の保護者として彼女を不安にさせてはいけない。

しかし、だ。それにしても、だ。

やらかしてくれるじゃねえか糞が……っ！

誰ですか、俺のノリちゃんに悪戯しようとするおバカさんは。許しませんよ……。

望み通り殺して差し上げようじゃありませんか……っ!!

「生まれてきたことを後悔するほどの苦痛をその変態ボディに物理的に刻み込んで殺してくれと哀願させこの世の真理を否定するような超回復魔法でもって穢らわしい暴れん棒の余分な皮をピンポイントで癒着させてからαΩ（始まりにして終わりの魔法）（禁呪指定）で殺して差し上げましょうクソったれ……」

こうしてはいられない、こんなところでババアの足止めを食ってるわけにはいかなくなった。このままだと俺は怒りのあまりこの国を更地にしてしまう。

だから俺は振り返り言い放った。

「おいババア！　そういうことだから出直して来――」

――ドンッ！

湯呑みをちゃぶ台に叩きつけたババアがゆらりと立ち上がり目を細める。

「……待ちな」

なんてイラつくババアだ。一体何様なのだ。

俺には今、果たさなければならない使命がある。俺のノリちゃんにイタズラしようとする変態さんを変体させるという神より上位に立つ神聖な使命があるんだ。

だから俺はイラつきを隠さずに食って掛かった。

「あぁ!?　んなこと言ってる場合かボケ！　ババア、俺を止めたければ軍隊でも連れ――」

「ペットを……」

「ああん？」

ババアは言った。

「ペットを飼っているな……？」

空気が凍るとはこういうことを言うんですね。

どう考えても詰んでいます。本当にありがとうございます。

焦る俺に構わず、ババアが獣のように獰猛に嗤いながら近づいてくる。

「バ、ババア……さん。ちょっと待て、ははは話し合いが必要だと思うんです僕たち！」

「……座れ」

すぐさま玄関にあぐらをかく俺。

すぐさま「正座だろ」とたしなめるババア。

「ペットは不可ですって最初に言っただろう……」

「ノリちゃんは家族だ！　ペットじゃないっ！」

「犬もネコも飼い主はみんなそう思ってんだよクソガキ！」

「おいババア！　俺の天使を犬やネコと一緒にすんじゃねえ！　入れ歯引っこ抜いて遠投したんぞ

ボケ！」

「んなこたあたしに一度でも勝ってから言いな！　ご近所さんにベッドの下に隠してるエロ本バラまいたっていいんだよあたしゃ！」

「わかりました！　お叱りはきちんと受けますから、今はノリちゃんを誑《たぶら》かしたクソを殺させてくださいお願いします！」

今まで倒してきたどんな化け物よりも恐ろしい気配を纏い、仁王立ちでカタカタと震える俺を見下ろすババア。

世界最強の俺が、キレた大家の前ではいつも震えることしか出来ない。何故だか全く勝てる気がしないし、勝った事も無い。そう、今俺の目の前に立つのは究極の理不尽。

異世界最強の大家さんなのだ。

そうやって戦慄《おのの》く俺にかけられる声。

「あるじー　ペットってなに～？」

「おまえさんも主の横に座んな」

「はーい」

色々とカオスになってきた。俺にはもう、どうしていいかわからん。

可愛い家族、恐ろしい大家、故郷から遠く離れた異世界での暮らしは儘《まま》ならない。

魔王を倒しても別に魔物は減らないし、俺を召喚した隣国の王様は未だに刺客を送ってくる。

堂々と異種族排他主義糞喰らえって言ってるおかげで、教会からは異端者扱いされてるし、魔王からは未だにラブレターが届く。

意志ある聖剣は平和主義な俺に使ってもらえないことを未だにブツブツ言うし、最近は質に入れられたショックで引き籠ってしまった。

何より今は目の前のババアだ。

本当に人生は儘ならない。

だから俺はその「儘ならなさ」を綴《つづ》ってみようと思った。

世界最強の力を持ちつつも、金も名誉も無い。大家には敵わないし、このイベントが終われば聖剣の心のケアをしなければならない。

それでも、グチをこぼしながらも俺はこの生活を気に入っている。

ラブストーリー、英雄譚、冒険譚。物語は数あれど、一つくらい日常にグチをまき散らすようなどうしようもない物語があってもいいんじゃないか。

最近俺はそう思うんだ。

儘ならずとも俺はここ、異世界で何とか楽しく生きている。

これは──、
そんなどうしようもない俺、井川勇諸《いがわいさお》と、家族と仲間、そして最恐大家が織り成す、不合理で理不尽でキラキラ輝く、どうしようもない物語。

「家賃値上げか、出ていくか、選びな」

――えっ　マジで？

ドラン平原にて

この世界で命は軽い。

いじめがあれば糾弾し、事故で怪我でもしようものならお祭り騒ぎをしていた日本とは、決定的にこの世界の価値観は異なる。

旅をしていると死体が転がっている事は珍しくないし、それを見つけた人の反応も極めて淡泊だ。何度でも言える。この世界の命は紙切れほどに軽いのだ。

そしてその最たる存在が目の前にいた。

「おい、死にたくなかったら服も荷物も全部置いてきな！」

『盗賊』だ。

目の前の盗賊がこれ以上ないくらい教科書通りのセリフを吐く。

薄汚れた体に薄汚れた革の鎧を纏い、抜き身の剣を担ぎながら汚いツバを飛ばす盗賊たち。

俺はこの殺伐とした世界に来たからと言って、当然のように盗賊を殺していいとは思わないし、殺して何が悪い？　といった風潮に納得したつもりはない。

人を傷つけた以上、苛烈な処罰を受ける彼らをかばい立てなどは出来ないし、その多くは自業自得だとしても、やむにやまれぬ事情でその身を盗賊に落とした人たちだって少なくない。

だから俺は某漫画に出てくる雑魚キャラのように、刃物を舐めて奇声をあげている盗賊を目の当たりにしても同情以外の感情は持ってなかったし、軽くボコって脅して再犯防止に努めるつもりだった。

しかし、そんな最高に運のいい盗賊たちは自らその幸運を投げ捨てる暴挙に出たのだ。

盗賊Ａ「抵抗するな、早くしろ、死にたいのか！」

盗賊Ｂ「何黙ってんだ！　ぶっ殺すぞテメェ!!」

盗賊Ｃ「おいおいビビって声も出ねえってかぁ？ｗｗｗ」

盗賊Ｄ「ヒャッハァーー……あ、舌切ってもうた」（負傷）

ここまでは良かった。ここまでは良かったのだ。

例えば俺が知り合いに会った時、『こんにちは』と言うように、この失礼なセリフも彼らにとっては挨拶と同じだからだ。それだけで殺す理由になんて成りはしない。

挨拶には挨拶で返すべきだと俺は思う。

「俺、貧乏で、金目のものなんてもってないスよ」

本当のことだ。

今だって値上げされた家賃を払うため、薬草採取の依頼でノリちゃんと一緒に街道から離れたここ、ドラン平原に来ている。

武器防具を買うお金も無く、着ているものは作業着に革のプロテクターだけだし、腰にぶら下がっているのはリハビリ中の聖剣だけだ。

「だいたい、お金持ってる奴はこんなところまで薬草取りにきたりしないでしょうよ……」

コイツらはこんな幸薄いカッコをした冒険者を襲ってどうにかなるとでも思ったのか。そんなんだから盗賊なんぞになってしまうのだ。

色々思うところはあるが、多少なりとも俺は穏便にことを済ませようと思っていた。

しかし、残念なことに彼らは、わりと簡単にデッドラインを踏み越える。

「おい、てめえ！　だったらその『亜竜』の『ペット』を置いていけ！　『悪趣味な商人』に『高く売れる』からな！」

問題はこの暴言だ。この発言はいけない。四つも許しがたいワードが入ってるのがいけない。

「亜竜」？　神竜だ！　本能に従うしかない魔獣と一緒にするんじゃねえ！

「ペット」？　ボケが！　ノリちゃんは俺の一番大事な家族だ！

「悪趣味な商人」？　殺すぞ！　ノリちゃんを欲する人は悪趣味じゃねえ！

「高く売れる」？　死ね！　俺に払ってもらう己の命とどちらが高いか天秤にかけろ！

俺が堪え難い怒りに打ち震えていると、愚かなことに盗賊どもは己の首に縄をかけた。

「そういや知り合いの炉利《ロリ》変態が、いつかチビっ子竜に一発お願いしたいって言ってたぜ！　グェへへｗｗ」

――――ブチッ

我ながらあっさり理性の糸が切れたと思う。

さて、殺《や》ろう。

たとえノリちゃん本人が許しても、神が許しても、断じて俺が許しませんよクソ共め。ということでどうやって殺りましょうか。

聖剣で切り刻もうか、いや今彼女はリハビリ中だからいけない。

殴って爆殺しようか、いやそれはノリちゃんの教育上良くない。

何よりそんなやり方は甘すぎる。フフフ……そう、コイツらは……。

万死だっ！　万死に値するのだ。このクソ共と炉利変態はっ！

「まずは新鮮な盗賊を半日ほど塩に漬け込んで水でよく洗ってから丁度持ってきたロープでキツめに縛り軽く天日干ししてタレに漬け込んで香辛料をまぶしてから半日燻《いぶ》して近所の人気店『サイキルパ』で買った『もっちり白パン』にデル青果店で買ったトマトとレタスと厚めに切った盗賊を一緒にはさみマヨネーズとソースをたっぷりかけてお客様にお出ししてからÖrövan rátó（天駆ける竜の獄炎）（禁呪指定）で殺す。そうだそれがいい……」

俺はさっそく収納魔具から大量の塩を取り出し――、

「あるじー　あるじー」

クリクリおめめが今日も眩しいノリちゃん。

「はい！　今日も眩しい俺のノリちゃん！　どうしたの!?」

うりゅっ？　と首を傾げながら俺を見上げるノリちゃん。なんでこんなに可愛いのだろう。俺は今すぐ抱きつき頬ずりしたい衝動を何とか堪えた。

「あんなー　このおじさんたちはだれー？」

「えーとね、この人たちは盗賊っていってね、人を傷つけて物を盗む悪い人たちなんだよ。ノリちゃんは絶対に真似しちゃダメだよ？」

「はーい♪」

「おいてめえ！」

最後になんか雑音が聞こえたような気がしたが、気のせいだと判断した。

まあいい、俺は保護者として世の中をまだあまり知らないノリちゃんに、道徳を教えてあげなきゃいけない。これは何よりも優先されるべき大事な使命なのだ。

「ノリちゃん、悪い人はどうするんだっけ～？」

「ぬっころすー♪」

白炎のブレス（約６０００℃）を、ぷいーぷいーっと吐きながら答えるノリちゃん。俺は思わず

目元を押さえた。

「ああ！　惜しいっ！　惜しいよノリちゃん！　正解なんだけどノリちゃんはぬっ殺しちゃダメだよ？　ノリちゃんがしてもいいのは『せいあつ』。ノリちゃんはその綺麗なお手々を汚しちゃダメだからね？」

「ノリわかったー！」

「ところでノリちゃん、あるじね、盗賊ハムを作って大家のババアのお土産にし――」

「おいテメェ、無視するんじゃねえ！　クソ竜共々ぶっ殺すぞ!!」


クソ……竜……？


お、おい誰だ？　一体誰のことを「クソ」と言ったのだ？

俺の事か？　確かに俺はクソかもしれない。甲斐性も無い、ノリちゃんの欲しいモノだって満足に買ってあげられない、そんなどうしようもないダメ人間なのかもしれない。

だが俺はれっきとした人間で、決して竜ではない。

ならば誰だ。俺の、元勇者である俺の全てであるノリちゃんを、神にも等しい俺の天使を、まさかクソ呼ばわりしたとでもいうのか。俺のノリちゃんを殺すと言ってのけたのか？

俺の頭は瞬間湯沸器が裸足で逃げ出すくらい、瞬時に煮え立った。

望み通り殺ったんぜクソ共が……っ！

「あぁ？」

「ガキが！　俺たちを舐めたらどうなるか教――」

「……テメェ薄らハゲ売女の○○にこびり付いたチンカスに付着した汚汁で出来た結果のクソまみれのクソったれの分際でボケが殺すぞ」

我ながらとんでもなく低い声が出たと思う。

ある程度のレベルの魔道士が今の俺を見たら、天を突きぬける魔力の奔流に腰を抜かすに違いない。

溢れ出すのは限りなく黒に近いねっとりとした邪気。少なくとも元勇者が垂れ流していい種類の魔力ではなかった。

俺の怒りに触れた場合、獣や大抵の魔獣、飼い慣らされた家畜ですらケツから火を噴く勢いで逃げていく。彼らの自己防衛本能が絶対に敵わぬ強者から逃げることを選択させるのだ。

だが目の前の盗賊は愚かだった。圧倒的な力を前にしてもそれを感じる能力すら持っていない。

彼らは顔を紅潮させ、唾を飛ばし、喚き散らし、剣を振りかぶりながら近づいてくる。

俺は思う。こいつらは家畜にも劣る存在だ。

家畜ですら察知する俺の力に気付かず、自分たちが奪う側だと信じて疑わず、俺の何よりも大事な家族を嗤《わら》い、奪おうとする。

家畜より劣るこいつらは最早、人ではない。とするならば今から俺がする行為は何か。作業だ。殺人ではなく単なる作業なのだ。

俺は頬を凶悪に歪めながら一歩踏み出した……その時、

「めっ！　あるじ、めぇ～～っ！」

真っ黒に染まった俺の視界に入ってきた眩しい白。言うまでもなく、愛しい俺の家族のノリちゃんだ。

「の、ノリちゃん、どうしたの!?」

ノリちゃんはちょっとだけ怒っていた。

くりくりおめめをギュッと閉じ、翼を力いっぱいパタパタさせ「めぇ～！」と抗議の意を体全体で表現している。

これはちゃんと聞いてあげなくてはなるまい。

俺はきちんと話を聞くためノリちゃんに「ちょっと待っててね」と声をかける。

そして加工品にするための血抜き処理の事も考えて、近寄ってくる盗賊どもの背後に一瞬で回り込むと、手刀を打ち込み全員を気絶させた（０・９秒）。

ノリちゃんのところまで戻ると、ノリちゃんは羽をパタパタさせながら言った。

「あるじー！　きたないコトバゆったら『めっ！』ってノリにゆった！　あるじもゆっちゃめぇ～っ！」

愕然とした。

何をやっていたんだろうと思った。

俺は決めたはずだ。ノリちゃんのお手本になろうと。

血飛沫《ちしぶき》と鉄塵《てつじん》舞うこの理不尽な世界で、力の前で膝を屈する道義が足蹴にされるようなこのどうしようもない世界で、それでも優しく真っ直ぐ健やかに育つノリちゃんのお手本になろうと、俺は決めたはずだ。それがどうだ？

俺は膝からくずおれ、両手で顔を覆った。

盗賊をぬっ殺そうとしたことはいい。加工しようとしたことだって別にいい。

だが、罵《のの》られ、許されぬ暴言を吐かれたからといって、ノリちゃんの前で汚い言葉を使ったことは許されるハズがない。

俺は何と言った？　聞くに堪えないレベルの言葉を使ってしまったのではないのか？　そんな汚い言葉をこの可愛い天使の、ぴょろっと可愛いお耳に入れてしまったのではないか？

しかも当のノリちゃんに手本となるべき俺が怒られてしまった。

獣は俺だ。家畜にも劣るのは俺だ。

俺にこの盗賊どもに道理を語る資格など無い。ましてや断罪するなど傲慢の極み。

俺は乾いた喉で無理やり唾を呑み込む。溢れそうになる涙をなんとか堪え、俯きながらかすれた声でノリちゃんに謝罪した。

「の、ノリちゃん、ごめん……。俺はとんでもないことをしてしまった……。本当に、ごめんね……」

許してくれるだろうか。こんな穢らわしい俺を、彼女は許してくれるだろうか。

そう思いながら彼女を見上げる俺の前に……、

「いーおー♪」

ぱあぁぁぁっと、擬音が鳴りそうな勢いで満面の笑みを浮かべるノリちゃん。

ああっ、天使。ノリちゃんマジ天使。

俺は気付かれないよう涙を拭って立ち上がる。そしてノリちゃんを抱っこすると、街に向かって歩き出した。

「ノリちゃん、晩御飯は何が食べたい？」

「あんなー　ノリなー　シチューがたべたいです！」

今日は奮発して新鮮な牛乳と金毛牛のスネ肉を買おう。

さっさとギルドに薬草を渡して、じっくり煮込んだシチューを、猫舌のノリちゃんのためにふーふーしてあげるのだ。

そう考えるとニヤニヤが止まらなくなってきた。

「あるじー　うれしーことあったのー？」

「ああ、あったよ。それに毎日嬉しいし、楽しいさ」

キャッキャッと嬉しそうに鳴くノリちゃんを撫でる。そしてなぜか輝いて見える風景を見て、俺は幸せだと、そう思ったんだ。

第一章　元勇者の借金返済計画

◆1◆

昨日は夢のようなひと時だった。

普段だと、ご飯の時、ノリちゃんは自分でスプーンもフォークも使う。

人間と同じように直接自身の手で食器を器用に扱いつつ、溢れる魔力を義肢として構成し、手の届かない場所にあるおかずもきちんと自身に取り分けることが出来る。実にお行儀よくご飯を食べるのだ。背伸びしたい年頃のノリちゃんは、何でも自分でやりたがる。

だが熱い料理を食べる時は別だ。

特にノリちゃんの好物であるクリームシチューの時などは、翼をパタパタさせて俺のところまで飛んでくると、膝にちょこんと座り「あるじー、ふーふーしてー」と上目遣いで俺を見る。

誰がそれを断れる？

いるわけない。そんなご褒美を断れる奴など、この世にいるわけがないのだ。

そして丁度昨日がその日だった。

いつもより時間をかけて煮込んだシチューは最高の出来で、俺がふーふーしてノリちゃんに食べさせてやると、彼女はクリクリおめめをキラキラさせ、体を左右にゆっさゆっさと振り、全力で喜びを表現をしていた。

食事のあと、ノリちゃんと一緒に歌を歌いながらお風呂に入り、寝床でせがまれるまま絵本を読んであげると、疲れていたのか、彼女はものの5分で可愛い寝息を立て始めた。

そうして俺は天使の寝顔を見ながら、最高に幸せな気分のまま眠りについたのだ。

今日、目覚めも最高で、今日も一日頑張るぞ！　と、ギルドへ行くため、俺はノリちゃんを頭に乗せて玄関のドアを開けた。


「……おはようさん」

俺は無言でドアを閉めて首を傾げた。

――んん？

おかしい、幸せすぎて変なスイッチが入ってしまったのか？　それとも俺は夢の続きを見ているのか？

今日も頑張ろうと気合を入れてギルドに行こうとドアを開けたら、北の山脈あたりに潜んでいそうな妖怪がいたんですけども。

俺は、何かの間違いかもしれない、目に入った埃がソレっぽいアレの姿を俺に見せていたのかもしれないと思い、ゴシゴシと目を擦《こす》って再度ドアを開けた。


「…………おはようさん」

――――バタン

やっぱりいた。

俺は当たり前のようにカギを閉め、思案する。

なぜだろう。なぜ朝っぱらから大家《ババア》が俺の家に来るのだ？

まさか卑しくもメシを貰いに来たのだろうか。

家賃値上げのせいでカツカツの生活を強いられている俺に、メシまで強請《たか》りに来たとでもいうのか。だが朝飯は全部食べて片付けも済んでいるし、残念ながら土産にする予定だった盗賊（ハム）も手元には無い。

そんな俺の困惑を無視し、ドンドンとドアが叩かれたので、一応、なんとなく言ってみた。

「新聞ならお断りです」

――ガチャッ

無言でカギを開け、中に入ってくる大家《ババア》。

なんでこんな気分のいい朝に、こんな嫌がらせを受けなければならないのか。

俺は不機嫌丸出しでババアを睨み付けると、同じくらい不機嫌丸出しでババアが言った。


「……値上げ分のお金を受け取りに来たよ」


まるで俺が家賃を滞納しているかのような言い草だった。

だが、あながちこちらに非が無いとは言い切れない。値上げ分の支払期日が今日だからだ。

でも俺はそれを覚えているし、金も用意してある。今日、ギルドに行って手頃な仕事を受け、準備に帰って来たところで一階に住むババアに渡そうと思っていたのだ。

俺が出る時間だとババアが寝ているかもしれないので、人生残り少ないババアの睡眠時間を削るのは忍びないという、日本人らしい優しい配慮だ。

俺は、ハアっとため息をつくと、渡すつもりでバッグに入れていた巾着（家賃が入っている）を取り出し、軽めのドヤ顔でババアに突き付けた。

するとババアはそれを無言で受け取り、中身を確かめ、こう言った。

「……足りないねえ」

「…………………？」

ええと……、何の話？　寿命？

「金が足りないって言ったんだよ」


――ハアアアァァァァ!?


何言ってんだこの強欲ババアは！　この前、違約金は勘弁してやるって言ってたじゃねえか！

そう、この前ババアは「ノリちゃんは断じてペットではない」と主張する俺に譲歩して、ノリちゃんを同居人として扱うことを認めたのだ。

だがそこで取り出されたのが、俺のサインと拇印が捺《お》してある一枚の契約書。ババアが指し示すのはとある条文。

第12条（後発同居人について）
1　乙（俺）に後発同居人がいる場合は、その都度、事前に家主の許可をとらなければならない。
2　前項に反した場合、乙は甲（ババア）に対し、違約金として賃料6カ月分の金銭を支払う。

3　前2項により同居人が出来た場合、同居開始時より賃料を5割増しとする。

1カ月の家賃　　5万ギル
6カ月分の違約金　30万ギル
財布の中身は　　プライスレス

その時、色々と混乱した俺は、とりあえずババアを切り殺すことに決めて聖剣を手にしたのだが「違約金は勘弁してやるから値上げ分を払いな！」との一喝に押され、しぶしぶ合意に至った。

だから今こうして今月値上げ分の2万5千ギルを払ったのだが……。

「ちょ、ちょっと待って下さい。おそらく俺の聞き間違えだと思うんですが、今『金が足りない』って言葉が聞こえたんです。ははっ、笑ってしまうでしょう？　最近働きすぎできっと疲れているんです、そうでしょう？」

俺は左手で額をおさえ、右手でババアを遮りながら言った。

それに対するババアの返答はこうだ。

「……いいや、あたしゃ足りないって言ったよ」

激昂しかけた俺だが、とある可能性に思い至った。

そうしたら、俺はだんだん可哀想になってきて、ババアに憐《あわ》れみと慈しみの眼差しを向け、優しい気持ちで慰めてやった。

「ババア……、それだけ年をとったらそりゃボケのひとつも始まるよな、可哀想に……。でも気にすんなよ、そんだけ無駄に長生きすりゃ誰だってボケのひとつやふたつカマしちまうんだ……」

好奇心旺盛な我が姫がすかさず口を開く。

「あるじー　ボケってなーにー？」

「ああ、ノリちゃん、このババアを見てごらん。人間はね、老い先短くなると耄碌《もうろく》して色々と大事な事を忘れていってしまうんだ。悲しい生き物だよね人間って」

俺がそう言ってそっと目頭をおさえると、くりくりおめめをウルウルさせて、今にも泣きそうなノリちゃんが俺に言ってきた。

「あるじー！　あるじもノリのことわすれるの……？」

「～～っ!!」

気付くと俺はノリちゃんを抱き締めていた。

そして頬ずりしながら彼女の耳元で断言したのだ。

「忘れないっ！　俺は忘れないよノリちゃん！　何があっても、どんなことがあっても君のことを忘れるもんか！」

むいーむいーと、くすぐったそうに身をよじるノリちゃん。

君の幸せのためだったら俺は何でもするよ。そうだ、今日はノリちゃんが好きなアスパラとキノコの炒め物にしよう。そうと決まったなら稼ぎに行かなくては！

そうしてギルドに行こうと振り返ると、何やらワナワナと体と震わせるババアがいた。

「あ、忘れてた」

「ダァラッシャァァァァアッッッ!!」

とんでもない殺気に思わず仰け反ると、顔の上を通り抜ける一陣の風。

俺の、世界最強のこの俺の背筋を凍らせ、体中から冷や汗を噴出させた技。

フライング・ニー。

ババアは風となって俺の顎を撃ち抜こうとしたのだ。避けることが出来たのは単なる運だ。

「化け物め……！」

俺はギリリと歯ぎしりしながら吐き捨てる。本能が告げていた。勝てない、と。

俺はノリちゃんだけでもなんとか逃がすため、隙を窺《うかが》っていると、おもむろにババアが右手を差し出す。そして口角を凶悪に釣り上げると言った。

「……同居人値上げ2年と1カ月分、払いなァ」


――――――え？

「『同、、、、、、居開始時より賃料を5割増しとする』。書いてある通りさね。1カ月分貰ったから、残りピッタリ2年分。60万ギルだよ」

3年前、歴史上最強の勇者として魔王を倒し、望むままの地位と名誉と褒賞を手にした俺は、今日この日、60万ギル（年利22％）の借用書にサインをした。

◆2◆

「あるじー　かなしいことあったのー？」

俺の頭の上から顔を覗き込んでくるノリちゃん。

「な、無いよ！　あるじは元気いっぱいさっ！」

しゅーんと翼をたたんでしまうノリちゃん。

俺は何をやっているんだろうと思う。守るべきノリちゃんに心配をかけてどうするのだ。

ノリちゃんは感受性が強い。俺がいつまでもこんなんだと彼女はきっと自分を責めるようになってしまう。それだけは避けねばならない。

だから俺は断言したのだ。

「ノリちゃん、心配することなんてないんだ。俺はノリちゃんがいるだけで幸せだよ！」

キャッキャッと頭の上で体をゆっさゆっさ振って嬉しそうにするノリちゃん。がんばろう。

日本ではグレーゾーン（今は違法）に突入する金利だとしても、たかだか60万。月に1、2回討伐任務を入れるだけで、1年間で余裕で返せるし、その方が社会復帰中の聖剣のプログラムにもなる。本当は避けたい事だが背に腹は替えられない。何よりも優先されるのはノリちゃんとの生活なのだから。

そう考えると悩んでいるのが馬鹿らしくなってきて、俺達は足取り軽くギルドへ向かう。

活気に溢れる屋台通りを抜け、商店が軒を連ねる大通りを歩き、その中でも一際大きい建物のドアを開ける。

剣と天秤の旗を掲げる組織、冒険者ギルドだ。

普段、朝のギルドは閑散としているものだが、中に入るといつもより人が多くザワついていた。不穏な空気ではない。何やら大捕り物があった時の雰囲気だ。

入って正面に受付のカウンターがあり、右手に広がるフロアは朝昼も営業している酒場となっている。店が開いていない時間に依頼完了報告をした冒険者がそのまま杯を合わせるのだ。

そちらはなにやら大盛り上がりで、酒盛りの真っ最中だった。

俺は受付に足を運ぶと、少しウェーブのかかった金髪を強気に吊り上った目に軽くかける美人さん、ギルドで一番人気の受付嬢、マイラさん（彼氏募集中）に声をかける。

「なんかあったんですか？　大盛り上がりじゃないすか」

「それがね、聞いてくださいよイサオさん！」

身を乗り出した拍子に、カウンターに乗せられるたわわな胸が男どもの視線を釘付けにした。そう、マイラさんは美人の上に巨乳という天に二物を与えられた勝ち組なのだ。

嬉しそうに目じりを下げる彼女は、普段の冷然とした態度とのギャップもあって非常に可愛らしい。なぜか俺には結構気安く話しかけてくれるのだが、あんまり目立ちたくない俺としては有難迷

惑でもある。

「何？　どうしたの？」

「それがね、ブランデール街道あたりを荒らしまわっていたバルガス盗賊団の一味が、ドラン平原で四人も捕まったんですよ！　しかもその中の一人は幹部だったって！」

「へ、へぇ～」

少しだけ、ほんの少しだけ身に覚えがある気がする。

ノリちゃんが何か言いたそうに「あるじーあるじー」と言っているが、今はちょっと可哀想だけど応えるわけにはいかない。

「捕まった時にね、よっぽどショックだったらしくて、『良かった、ハムになってない！』とか訳の分からない事言ってたらしいですよ！」

ですよね。加工しそびれた盗賊達ですよね。

すんげー弱かったけど、そんなに有名なヤツラだったのか。

俺が首を捻っていると、マイラさんは大きい目を輝かせながら、興奮冷めやらぬといった感じで話し出す。

「ちなみに捕まった幹部は舐刃のワイトっていって、襲いかかる前には必ず刃物を舐めて相手を威圧するんですって！」

あいつですねわかります。

アレだ、勝手に舌を負傷してたヤツだ。

どう見たって世紀末漫画の汚物を消毒してらっしゃる方にしか見えなかったんだけど。幹部だったのね……。

「え、と……。そんなに有名な盗賊さんたちだったんですか……？」

「有名ですよ！　なんせ幹部は全員、元Ｂランク以上の冒険者！　武力に任せて壊滅させられた村もあるくらいなんですよ！」

そんなにスケールのデカい盗賊団だったのですか。

きっと通りかかった俺を小遣い稼ぎ程度の遊び半分で襲ったのだろう。そう考えるとなんだか可哀想になってくる。

そうして少しだけ生暖かい目をしていた俺だったが、マイラさんが聞き捨てならない事を言ってきた。

「賞金もかかってて、１００万ギルですって！　それに個人的なクエストも入ってて報酬合わせて２００万ギル！　すごいですよねえ～」

――――え？

「それで捕まえてきたのがあっちで飲んでいるパーティーランクＢの『ブラックウインド』の皆さ

んですよ。今日の支払いは彼らが持つそうで、見ての通り大騒ぎです」

ギギギギと油の切れた機械みたいに酒場を見ると、なるほど中央のテーブルで息巻いてる男が四名。彼らがブラックウインドの皆さんなのだろう。顔を赤くして何やら語っている。

「……と、そこで切りかかってきた舐刃のワイトの剣を跳ね上げ、俺は言ってやった。『ハエが止まってるぜ？』ってな！　そしてイアビルアイみたいに目ン玉剝きだした奴の懐に潜り込んでアゴを跳ねあげてやったんだ！」

おおー、とどよめく冒険者たち。

いかに激しい戦いだったかを事細かに語っていた。そして「全員無傷で捕まえられるのは俺たちぐらいだぜ！」と鼻息荒く締めくくった。


――マジかよ……。


あまりに弱かったもんで、賞金がかかってるような大物だとは思わなかった。

だがこれはヘコむ……。もしあの時きちんと加工して持ち帰れば、俺は今頃借金なんて無かったし、ババアのフライング・ニーで殺されかけることもなかったのだ。

思わず脱力し、深く深くため息をついてしまってもしょうがないと思う。

「イサオさん、どうしたんですか？」

「い、いや……、なんでもないよ……」

ハイエナされたのはイラつくし、それを自分の手柄のように語られるのもムカつく。だが彼らを責める理由にはなりはしないし、文句を言う筋合いなど無い。

例えばもし今ここで、俺がいちゃもんをつけ、俺が気絶させた盗賊だと証明したところで、返ってくる反応は『だから何？』だ。

どんな稀代の英雄でも、街から出た道端で死んでしまえば鎧は剝ぎ取られ剣は持ち去られる。死力を尽くしＳ級魔獣と相打ちで倒れれば、後から来て死骸を拾って帰った者が英雄だ。

ここはそんな世界だし、それを間違っていると叫ぶほど思い上がってもいない。そもそも郷に入れば郷に従えとは俺が生まれ育った国の言葉だ。

だからこれは、俺がミスった結果、なるようになったというだけの事なのだと思った。

俺はヘコみつつも頭を切り替え、マイラさんに向き直る。

「お金が入り用なんだけど、なんか割のいい依頼ないかな？　討伐系でもいいんですけど」

「ええっ！　イサオさんが討伐系!?」

「ちょ、声大きいって！」

やたら驚かれてしまった。

俺は冒険者の義務である『緊急招集』以外で討伐系を受けたことが無いから、まあしょうがないと言ったらしょうがない。

討伐というのは必要な事だと頭で理解はしていても、現代日本で育ったヘタレとしては、出来るだけ生き物をこの手で殺めたくない。その対象が人に害を為す魔獣であってもそれは変わらなかった。それに討伐系以外にも依頼は結構あるし、贅沢をしなければなんとか暮らしていける。

だがそのおかげで俺はあまり気にしてないのだが、結構バカにされてるし、変なあだ名もつけられてしまった。

「おい、ニョール！　お前が討伐？　こりゃ傑作だ！　そう思うだろみんな!?」

先ほど武勇伝（笑）を語っていたブラックウインドの一人がマイラさんの台詞を聞きつけたのか、小馬鹿にするように言った。

違ぇねぇ！　と大盛り上がりの酒場の皆様。皆ゲラゲラ笑いながら侮蔑の視線を俺に向けてくる。

「いやいや、ブレットさん、あいつ女みたいな顔してるんでニョールじゃなくてニョーラですぜ！」

違ぇねぇ！　とさらに大盛り上がりの皆様を見てちょっとだけヘコむ。

ニョール。

仔牛くらいの大きさの魔獣だ。大人しく臆病で同族以外の全てから逃げ回り、そして逃げ切る足を持っている。全く危険の無い魔獣にもかかわらず討伐ランクＡというのは、その肉が高値で取引されるのと、その尋常じゃない逃げ足の速さゆえだ。そしてメスはオスよりさらに小さく臆病なため、ニョーラと呼ばれ討伐ランクはＳ。一般に出回る事は無い幻の高級食材として名を馳せている。

俺はこのギルドではそんな臆病な魔獣にかけて「ニョーラ」と呼ばれていた。当人としては気にしていないのだが……。

「ブレットさん。ギルドは討伐以外にも広く依頼をお受けしています。討伐以外の依頼も立派な依頼で、イサオさんはそれらを完璧にこなしています。失礼な言動は慎んでください」

なぜだか一番人気のマイラさんが、いつも反論するのでややこしいことになってしまう。

「おいニョーラ！　マイラちゃんの陰でションベンちびるしか能の無いお嬢ちゃんがイキがってんじゃねえ！　俺が今この場で討伐の厳しさってのを教えてやろうか？　ええっ!?」

マイラに冷たくあしらわれたブレットが、ジョッキをテーブルに叩きつけて立ち上がった。

「前から気に食わねえんだよ、腰抜けの癖にマイラちゃんに色目使いやがってよぉ！　弱みでも握ってんだろ、ぶっ殺してやる！」

酒臭い息を吐きながら、腰に下げた剣に手をかけつつこっちへ歩いてくるブレット。

周りの冒険者たちもニヤニヤ成り行きを眺めているだけで止めようともしない。

なんだよこの世紀末酒場。

俺は、頭の上でフンガーフンガーと鼻息荒くしているノリちゃんを宥《なだ》めてため息をつく。ブレットはまたそれが気に食わなかったようで「ナメやがって！」と激昂した。

ギルド内の刃傷沙汰はご法度だ。

俺が困ったようにマイラさんを見る。ギルド公式見解として、その旨を伝えてくれるだけでこの場は収まる。

情けないかもしれないが、それが一番穏便に済むし角も立たない。そう思ったのだが……。

「うふふふ……」

黒い笑みを浮かべるマイラさん。笑みを浮かべながら笑っていない目だけをブレットに向け、スカートをまくりあげて太ももの横で縛っていた。

あれ？　この子、もしかして戦闘に参加する気じゃね……？

頭の上では「ノリ、せいあつするー！」とノリちゃんが騒ぎはじめている。

俺が別の意味で慌て出すと、何を勘違いしたかブレットがニヤリと嫌らしい笑みを浮かべた。

そしてマイラさんが「やめなさい、さもないと……」と氷の声で警告を発した、その時だった。

「五月蠅《うるさ》いぞ貴様ら！　大の男が寄ってたかって情けないと思わないのかっ!!」


一喝。

凄まじい怒声が発せられた。

誰もがその気迫に一歩引いた。

発生源はカウンターから向かって左手の掲示板エリアだ。

どうやらその声の主らしい人がこちらにやってくる。

年のころは二十歳《はたち》前後くらい。極上の絹糸に墨を垂らし込んだような黒髪が背中でそよぎ、小さ

く尖った鼻、ぽってりと厚い唇、鋭く吊り上った瞳は血よりも深い紅。百人が百人振り返る極上の造形。

俺の知る限りでは、魔王とタメ張れるくらいの美人さんだった。

突然の国宝級美人の乱入に騒然となるギルド内。男どもの品定めするような粘つく視線が彼女に注がれるが、それでも凛然と佇む彼女は、かの神話のヴァルキリーを思い起こさせ、俺は数瞬見惚れてしまった。

下品な野次と笑い声と口笛が飛び交う中、喧騒の合間を縫って誰かがポツリと呟く。

「あの女……、オルテナ・レーヴァンテインだぞ……」

一瞬で静まり返るギルド内。ブレットも顔を強張らせながら二、三歩後退《あとずさ》る。

「オルテナっていやあ、【闇姫】じゃねえかっ！」

「単騎最強だが集団戦が苦手でSランク止まりという、あの闇姫か……」

「あの黒い髪、紅い瞳、夜魔族の生き残りだ。間違いねえ……」

「Sランカーがなんでこんなところに……」

それぞれが信じられないと言った風にかぶりを振る。

腕っぷしに自身のある荒くれ者共が怯むのは、冒険者ギルドが規定するAランクとSランクの間に決定的な壁があるからだ。ではその壁とは何か。

Aランクまではギルドの基準に沿って依頼をこなす限りでは、過酷ではあるが、ある意味誰でもなれる。冒険者の『階級』といえよう。

だが『S』というランクから上は違う。それは巨大組織である冒険者ギルドが公的に勝手に与える『称号』なのだ。

だから、Sランクが冒険者であるとは限らない。どこかの国の騎士であったり、どこかの国の農夫であったり、スコーンを焼くのが趣味という単なる主婦でもいいし、悪辣《あくらつ》非道な盗賊団の長であってもかまわない。

ただひたすら『強さ』だけを基準として、冒険者ギルドが与える力の証明。それが「S」というランクなのだ。

現在Sランクはこの大陸に十数人しかいない。その上に存在するのは、七星と呼ばれるSSランク7人と、到達者と呼ばれるSSSランク【聖女】【剣聖】【拳鬼】3人だけだ。

ちなみに、その上にはランク付け不能として、超越者【勇者】と【魔王】がいたりするのだが、それはまた別の話。

オルテナが先ほどとは違う視線を一身に受け止め、息を呑む男どもを鼻を鳴らして一瞥《いちべつ》すると、俺に向き直りながら、

「貴様も言いたい放題言われて情けないとは思わな――えっ？」

と固まった。

驚きに紅の瞳が見開かれ、何事かとギルドに沈黙が落ちる。

首を傾げる俺。俺の頭の上で、うりゅ？　と首を傾げるノリちゃん。

すると呆然と俺の顔を見つめるオルテナの厚ぼったい唇から、呻《うめ》くような声が漏れた。

「あ、あなたは……」

◆3◆

呆然と俺の顔を見つめるオルテナの厚ぼったい唇から、呻くような声が漏れた。

「あ、あなたは……」

俺を見つめる真摯なまなざしを見た時、この3年間逃げの一手で生きてきた俺の、研ぎ澄まされた勘が告げる。

――あ、やべえ。

どうしようかと焦る暇もなく、オルテナが口を開いた。

「あなたは、ゆうし――」

「違います」

…………。

「ゆう――」

「人違いです」

……………。

ギリギリセーフ!!

誰だか知らんが超あぶねぇぇぇぇぇぇ！　勘弁してくれよ!!

たまにいるのだ。

俺は腐っても元勇者。勇者として1年間は旅をして、結構派手に活躍してきた。

誰一人とも関わらずに旅をするなんてそもそも無理な話で、お世話になった人もいるし、助けた人も、助けてくれた人だって少なくない。

だからこうやって素性を隠し、静かに暮らしていても、俺の顔を知っている人と会ったりすることはある。そもそも珍しい黒目黒髪で女顔ときたらそりゃ印象にだって残る。

しかしこう言ってはアレだが、俺にとっては非常に迷惑な話なのだ。

現在進行形で俺は、俺を召喚した西の大国、レガリア王国に、非公式に朝敵として追われている。西南の半島にあるマイノリア聖王朝にいたっては、公的に俺を神敵と認定している。

ここに元勇者がいるどー！　と、ただの旅人や商人が言うならいい。「人違いでした」という笑い話で済む。だが、ギルドが公証するSランカーがそれを言ったとなればどうなる？

答えなんて決まっている。いちいち考えるのも面倒くさい。このゼプツェン皇国に右から左から、尋常ではない政治的圧力がかかる事になるだろう。勇者を利用したい、消したいと思う組織を数え出したらキリが無いからだ。

確かに《魔境》と接するこの国の騎士団は精強だ。西側諸国が安心して暮らせるのも、この国の騎士団や冒険者が《魔境》から溢れる魑魅魍魎《ちみもうりょう》を駆逐しているおかげとまで言われている。単なる武力衝突ならばおそらく両国と十分に戦えるだろう。

だがそうするとこの国は背後を魔境に晒し、逆に魔境に剣を向ければ背中を槍で狙われることを意味する。何より大陸随一の宗教である十字教主導の爆弾を内にも外にも抱えることになってしまう。

喉元に刃を突き付けられてもなお、選べる選択肢などあるはずがない。

俺は、３年近くお世話になったこの良国に迷惑はかけたくなかった。

それに誰も俺を知らない国まで逃げ延びて、誰にも迷惑をかけず静かに暮らしているというのに、今さら元勇者だからといって、一体何だというのか。

俺はうんざりとした表情を隠さずにオルテナを睨み付ける。するとそこには……、

「そ、そんなぁ……」

涙目でプルプル震えるオルテナさん（Ｓランカー【闇姫】）がいらっしゃいました。

無邪気なノリちゃんがいつも通りの速さを見せる。

「あるじー　なかせたのー？」

「な、泣かせてないよ！　あるじ、なにも悪い事してないよっ！」

そ、そうだ、やましいことなど何もしていない。

俺は君との生活のために隠すべきことは隠さなければならなくて結果的に女性が泣く的事象が発生したとしても直ちに影響は——。

「うんとなー　あるじなー　おんなをなかせるやつわ、さいてーだ！　ってゆったー」

「ノリちゃん聞いてくれ、きっと彼女はドライアイ的なアレで——」

「あるじ、さいてー？」

——ちゅどーん

俺は静かに天を仰いで瞑目すると、深く息を吐き出した。

神などいない。壊そう。

何を？

ノリちゃん以外の全てをだ。

俺は色々と無かったことにするため『灰は灰に塵は塵に《アルテマ》』（禁呪指定）の詠唱に入ったのだが、

「あんなー　ノリなー　あるじがさいていでもなー　ノリあるじすきー」

神は……いた……。

魔法が火を噴き、剣が血を撒き散らすこの世界に。

弱きものが奪われ犯され殺され、嘆きも叫びも祈りも届かぬこの荒れ果てた大地に。

魑魅魍魎跋扈《ばっこ》する、怨念と絶望渦巻くこの血と鉄の冥道に。

確かに神はいた。

どこに？　目の前にだっ！

俺はそっとノリちゃんを持ち上げると、そのまま抱きしめる。

「大好きだよノリちゃん……」

自然と口から漏れ出た言葉には、嘘も打算もあるはずがない。彼女は荒れ果てたこの荒野に燦然《さんぜん》と輝く俺の太陽だからだ。

だが、気持ちだけでは人は生きられない。

守るべきものを守るためには、力だけではどうにもならない。

糧《かて》が必要なのだ。

ならば今、俺がやるべきことは何だ？　ノリちゃんとの生活を守るために糧を得ることだ。

だから俺は糧を得るためにカウンターへと歩み寄る。

そしてカウンターの上に広げられているいくつかの依頼書の中から、一番報酬が高いものを手に取り宣言した。

「マイラさん、私はこの依頼をお受けします」

清らかな気分だった。とても満たされた気分だった。

「ぶ、武装オークの群、討伐の依頼ですね。団体クエストですが、イサオさん、その、あの、いいんですか？」

「はい、私と私のノリちゃんのために、私は彼らを殲滅いたします」

「で、では手続きはしておきますので……」

「よろしくお願いします」

そうと決まればグズグズしていられない。やることがあるのだ。

このまま乗り込んだとしても、オークごとき何万匹でも討伐できるが、今回は団体クエスト。他の冒険者の目もあるため、素手で殴り殺したり、魔法で更地にするわけにはいかない。

剣が必要だ。

だが、ウチの聖剣は、外に持っていこうとすると、トラウマが刺激されるらしく、

『ま、また我を質に入れる気じゃな！　いやじゃ！　我は外に出るのイヤじゃーっ！』

とかアホ抜かして騒ぎ出すので、帰って彼女を説得しなければならないのだ。

こうしてはいられない。

俺は踵《きびす》を返し、振り返ることなくギルドを飛び出す。

背後で「ま、待ってっ！」という声が聞こえたが、今の俺にはそんなのにかまっている時間はない。

俺は途中で油屋さんに飛び込み、持ち合わせで払える安い油を買うと、猛然と我が家に向かって走り出した。

◆4◆

私は憎んでいた。
もがき足掻き、どこまで逃げても追いかけてくる、この呪われた宿命を。
私は呪っていた。
少しの希望すら抱くことが許されない、この世界を。
私は叫んでいた。
私を殺してくれ！　世界が！　薄汚いこの私の存在を許していないんだ！
だから私を殺してくれ！
そんな私に、少し悲しそうに微笑《ほほえ》んで彼は言った。
「世界が君の存在を許さないというのなら……」
――きっと、許されないのは世界のほうだ。

＊　＊

私は小さな小さな村で生まれた。

その集落で何十年ぶりに生まれた子供であった私は、集落みんなの子供として大事に育てられた。

膨大な魔力を持っても、制御する才能が皆無だった私だが、そんなことは関係ないと、全ての大人たちに可愛がられた。

毎日お腹いっぱい食べられるような暮らしではなかったが、毎日笑っていたように思う。

私の一族は古代種といわれる力ある種族の一つだが、人間がこの世の春を謳歌しているこの時代においては、一少数民族として土地を追われ、帰るべき故郷すらどこにあるのかわからない立場にあった。

今でこそ寄る辺なき我ら一族も、はるか遠い昔には多くの同胞と共に栄えた時代があったのだという。平和で穏やかで、子供達がいつも笑っている、そんな豊かで素晴らしい時代が我々にもあったのだというのだ。

それでも我々は人間に対し、心のどこかで恐怖していたとしても、敵意はもっていなかった。

多くの人間はひっそりと暮らす我々に同情的であったし、近くの村とは良好な関係を築けていたからだ。

我々は普通の人には見えない魔力だけが人間のそれと比べ桁違いに多いものの、見た目も運動能力も人間と変わらなかったことが、朴訥《ぼくとつ》な彼らには迫害や差別といった行為と結びつきにくかったのだろうと思う。

だが、戦いや商いを生業《なりわい》としている高位の人間は知っていた。

我々の紅い眼が強力な魔具の素材となることを。

我々の肝が極めて貴重な永続的魔力増幅薬の材料となることを。

それは突然だった。

ある日突然、何百もの兵士達が現れ、先頭に立つ、燃えるような赤い髪の隻眼の男が、言った。


――燃やせ。


一斉に放たれる火矢。あっという間に燃え上がる家々。

私は一体何が起きたのかわからなかった。


逃げろ＊＊＊！　父は言った。

逃がせ！　我々の子である＊＊＊だけはなんとしても逃がせ！　長老様が言った。

男衆は応戦しろ！　時間を稼げ！　女衆は＊＊＊を連れて森へ逃げろ！　誰かが言った。

なに？

なにを言っているの？

ここは私たちの村だよ？　なんで逃げなきゃいけないの？

いやだ、いやだよ!!
事態を呑み込めず泣き叫ぶ私を抱きかかえる母。
母を囲むようにして一緒に走り出すおばさんたち。
おとうさん、お父さんは？　おとうさんはどこ!?
私は抱きかかえられたまま後ろを振り返った。

お父さ――っ！

槍が、生えていた。
お父さんは体から槍を生やしたまま、そのまま……。
お母さん！　お父さんが！　おどうざんがぁぁあ～っ!!
燃える村、倒れてゆく男衆、倒れた男衆に群がる兵士達。

兵士の誰かが叫ぶ。

腹は突くな！　首を刎ねろ！　目と肝を疵付《きずつ》けるなよ！

飛び交う怒号。また誰かが叫ぶ。

女は殺すな！　犯せ！　眼だけを抉るんだ！　そいつらは金を産む！

森の中、逃げる女衆が一人、また一人と逸れていく。時折後ろから絹を裂くような悲鳴が上がった。

いつの間にか周りには誰もいなくなっていた。

お母さんは大きな木の根元に出来た洞に私を押し込むと言った。

いい？　＊＊＊、ここから出てはダメ。何があってもよ！

返事もできず愕然と自分を見上げる娘を見て、母は何を思ったのだろう。

私は未だに、その答えを手にしていない。

なぜお母さんが、あの状況あの場面で、優しく微笑んだのか。

私にはわからなかった。

来た道を駆け戻る母、しばらくして聞こえた大爆音。唐突に訪れた静寂。

それからしばらくのことを、私は覚えていない。

とある集落、とある家のベッドで、目を覚ました私に気付いた少女が言った。
大丈夫？　痛いところは無い？
森で倒れていたところをお父さんが見つけて運んできたんだよ。あなた名前は？

私は、私の名前は……。

涙が溢れた。
助かったことに安堵したわけではない。
何もできなかった自分が情けなかったわけでもない。
止まらない涙がシーツに染みこむたび、沸き上がる激情。
それは、私が生まれて初めて体感する感情。
「憎悪」だった。
号泣する私を、少女はそっと抱きしめた。

＊　　＊

7年の時が流れた。

私は私を拾った狩人の家に、家族として迎え入れられた。

目を覚ました時に傍にいた少女を「お姉ちゃん」と呼ぶ、そんな幸せな境遇で暮らしていた。

ゆっくりと流れる時は、少しずつ、本当に少しずつ私の心の傷を癒した。

あの時抱いた「憎悪」が再び芽吹くことも無く、そんな過去は無かったかのような穏やかな時間が続いた。

私は、忘れるのだろうと思った。こんな春の日差しのような暖かく幸せな日々が、ずっと続くのだろうと思った。

だが、そんな私を嘲笑《あざわら》うかのように、
その日はまた突然やってきた。


——この村に黒髪紅目の娘がいるはずだ。出せ。

男は言った。

——＊＊＊！　隠れなさい！

お姉ちゃんが言った。

忘れたと思っていた記憶。

いくら癒えたと思っていても、毟《むし》れど取り切れぬ雑草の根のように、心に残っていた激情。
あの日の光景が頭を駆け巡った。
いやだ！　私はもう繰り返さない！
だから私は男たちの前に飛び出して叫んだ。

私はここにいる！　私を連れて行け！　他の人には手を出すな！

男は私の髪を掴み、ニヤリと嗤《わら》うと、言った。

——他の奴に用は無い。

全身の毛が逆立つ。
立っていられないほどの眩暈《めまい》に襲われ、フラつきながら呆然と男たちに視線をやる。
彼らは嗤っていた。

やめ……て……。

男たちが奇声をあげながら村へとなだれ込む。
次々と切り殺される村人。引きずり出される女たち。女に群がる男たち。
やめて……っ！
悲鳴が聞こえた、この声は……。
私は声の聞こえたほうに目をやった。そこでは……、
お姉ちゃんが犯されていた。
やめ――――
「あああぁぁぁおあああああぁぁぁ～～っ！」
私は絶叫した。
業火に包まれる村。

そこら中で折り重なっている屍《しかばね》。
村を攻めてきた男たちすらも、今はもう誰も動かない。
女みたいな顔をした黒髪の男が私に手を差し伸べる。
黒髪の男は泣いていた。
そして男は情けないほど震わせた声で私に言った。

——誰も助けられなかった……。ごめん、本当にごめん……っ！

頭が沸騰した。
なぜだかはわからない。
気付いた時には、近くに落ちていた剣を拾い、黒髪の男に切りかかっていた。
私は叫んだ。

——何故だ！

何故今なんだ！　何故もっと早く来てくれなかったんだ！
何故、なぜ……。

――なぜ、7年前のあの日、助けに来てくれなかったっ！

私の口から自然と漏れ出る怨嗟《えんさ》の言葉。

「私を殺してくれ！　世界が！　薄汚いこの私の存在を許していないんだ！　だから私を殺してくれ！」

黒髪の男の左腕に突き刺さる剣。

彼は自身の腕から馬鹿みたいに流れる血など気にもせずに、

私を抱きしめて言った。

「世界が君の存在を許さないというのなら、きっと許されないのは世界のほうだ」

世界には私たち二人だけだった。

私たちは、声を上げて二人泣いた。

泣き疲れて意識を失い、目が覚めた時、

私は自身の名を忘れてしまっていた。

その後、私は彼と1カ月の間、一緒に旅をする。

旅の間、触れて傷口が開くことを恐れるように、私たちは一言も口をきかなかった。

淡々と必要な事だけをこなし、旅を続け、旅の終着点である魔族の国に入る。

色々悶着はあったものの、私は魔王ドロテア・レーヴァンテインに預けられ、名を戴《いただ》く。

そして2年半後、再び旅に出た。

好きなものも嫌いなものも、名前すらも知らない、黒目黒髪の勇者に再び会うために。

＊　＊

「あなたは、ゆうし――」

「違います」

「ゆう――」

「人違いです」

踵を返して足早に去っていく彼。

「ま、待ってっ！」

彼は行ってしまった。

私の事を覚えていないのか。それとも本当に他人の空似なのか。しらばっくれているのか。

しかし私は思う。だから何だ？　と。

私は決めたのだ。彼と会う、と。

あの時切りかかってしまった彼に謝るんだと、お礼を言うんだと。そして……。

あの日あの時、なぜ私を木の洞に押し込んだお母さんが私に笑いかけたのか、彼ならきっと答えてくれる。だからそれを確かめるのだと。

私は決めたのだ。

私はカウンターに歩み寄ると、無駄に乳がデカい女に宣言する。

「私もその依頼を受けよう」

「ね、念のためお名前を確認しても？」

「私は……」

チクリと胸が痛む。本当の名は二度の悪夢で忘れてしまった。やましい事など無いが、それでも心の奥に淡く煌《きら》めく暖かな日々の記憶が頭をよぎるたび、言い様の無い黒い気持ちが言葉を詰まらせる。

だが、それでも私は前に進むしかないのだ。そのために強くなったのだから。

そう、今の私は――、

「私はオルテナ・レーヴァンテイン。夜魔族の生き残り、魔王の娘だ」

◆5◆

「もしもし、聖剣さん……？」

『…………』

俺は今、聖剣と向き合い、ガン無視されていた。

あの後、家に帰ってすぐベッドの下、ゴソゴソと男の滾《たぎ》り本をかき分けて、鞘ごと聖剣を取り出しちゃぶ台の上に置いた。

そしてすぐさま後悔する。

これはいけない。

聖剣さんが、聖剣にあるまじき黒いオーラを放っていた。

俺は思わず眉間を押さえた。今朝、掃除の時、邪魔だったのでベッドの下に一時置きしてそのまま忘れてしまったことが良くなかったらしい。

年季の入った男の子専用書籍と一緒に放置された彼女の臨界点は、もうすでに限界にきているようだった。

「ね、ねえ、聖剣さん。もしかして怒ってる……？」

『……』

「もしもし、聖剣さん……？」

『…………』

無視《シカト》。

さすがに俺も後ろめたかったりしたので、とりあえずノリちゃんをベッドに下ろすと、収納魔具から先ほど買った安油と布を取り出して、おもむろに刀身の手入れを始めた。

『――っ！』

おっと、いきなり反応ですね。相変わらず単純な聖剣だ。

「聖剣さん実は仕――」

『……アリア』

「聖剣アリアさん、実は仕――」

『……偉大なる』

うっざ。

「偉大なる聖剣アリアさん、実は仕事が入りまして……」

『我の力が必要か』

「出来ればお力添えいただけないかと……」

アリアがプルプルと震えている。これは非常に良くない兆候だ。これは人で言うと怒りを堪えて涙目で震えている状態だ。

最近、雑な扱いを続けたせいで、随分ストレスを溜め込んでいらっしゃるらしかった。

『いつもそうじゃ！　汝《なれ》はいつもそうじゃ！』

聖剣さんのお怒りはまだ続く。

『いつも汝《なれ》は必要な時だけ我にお願いしてっ！　用が済めばポイッじゃ！　都合のいい剣扱いされるのはもうイヤなのじゃっっっ！』

完全に昼ドラのノリだった。

俺はそんな空気の中でこんなこと言うのもどうかと思ったが、とりあえず言ってみる。

「君の力が必要なんだ」


——ビクゥッ！


ＨＩＴ！

「君にしか出来ない事なんだ」


——ビクビクゥッ!!

俺は、拗《す》ねて背を向けながら、チラッチラッとこっちを窺《うかが》う少女を幻視した。

なんて馬鹿な女《剣》なんだ。

泥沼の愛憎劇に必ず出てきては問題を起こすタイプのアリアさんに、俺は憐憫《れんびん》の情を禁じ得ない。

だが討伐に行かなければならない俺は、ここでキメる必要がある。

だから俺はダメ押しとばかりに、憂いを込めて囁いた。

「俺には君が必要だ」


――ビックゥッツッ!!

フィッシュ・オンだった。

今日一番の手ごたえを感じた俺は、顔にはカケラも出さず、心の中で笑う。

だが、日頃から溜まっている鬱憤がよほど酷いのか、彼女がなんとか持ち直して、まさかの反論をしかけてきた。

『でも……でもっ！　汝《なれ》は前もそう言った！　前の前も言ったし、前の前の前も言った！　我はもう騙されんぞ!!』

「前の前って言われても……」

『前の前は、緑地公園の植え込みの剪定《せんてい》じゃった……。その前……その前は……っ！　〝限界に挑戦！　第12回愛剣遠投げ大会〟じゃった……っ！』

正直ぐうの音も出なかった。

今だから言えるが、冷静に考えると、俺、結構鬼畜じゃね？

『汝《なれ》にわかるか！　主を守り敵を切り裂くために生まれた我が！　それに何よりの喜びと誇りを持ち、悠久の時を重ねてきたその我がっ！　黙々と植え込みを刈ったり、ぐるぐる回されて遠くにブン投げられる屈辱が汝《なれ》にわかるか！　それに、それに、それに……っ！　前回は、質に入れられた……』

あまりの仕打ちを思い出したのか小刻みに震えるアリア。

『こんなに酷いことをする主は初めてじゃ！　いつもいつもノリばっかり可愛がって！　我ももっと大事にして欲しいんじゃ!!』

人の身では想像もできないほど永きに渡り、人と共に歩んできた彼女。知識も経験も俺などよりはずっと上だ。その間彼女は血と泥に塗《まみ》れ続け、使命と意義を全《まっと》うし続けた。

一方的に託された剣であることの使命。

聖剣アリアが積み重ね続けた巨大な実績。

それらに比して、〝主を守り敵を討つ〟という彼女の意志と誇りはあまりにも純粋でシンプルだった。

その純粋な想いを煌めく刀身に宿し、使命を果たし続けた彼女は、存在自体がまさに文字通り『折れない意志』だ。

きっと彼女は、俺が思うよりよっぽど強く気高い存在なのだ。

だが今、俺には目の前の聖剣が、泣きじゃくるただの一人の少女にしか見えなかった。

そして泣かせてしまったのは俺だ。

怒濤《どとう》のごとく押し寄せる罪悪感と向き合うより先に、見せるべき誠意があるのではないかと俺は思う。

「ごめんアリア……。俺は最低だったよ。俺はどうしたらいい……？」

ぴたっとアリアの震えが止まる。

『いうこときいてくれるの……？』

「ああ」

おずおずと聞いてくる彼女が急に愛おしく感じる。

『……毎日手入れをして』

「はい……」

『毎日お話《はなし》して』

「うん……」

『打ち粉でポンポンってして』

「わかったよ……」

『添い寝して』

「それは神がノリちゃんだけに与えた特権――」

『……殺すぞ』

「冗談です」

『♪♪♪』

ゆっさゆっさと揺れるアリア。

良かった。少しは償いになっただろうか。俺はホっと胸を撫で下ろす。

すると機嫌よく揺れていたアリアが唐突に止まったと思うと、彼女は思い出したかのように言った。

『あと、たまには討伐も入れて欲しいのじゃ……』

「今回は討伐だよ？」

『え、マジで？』

「うんマジで」

『…………』

「え、なんかまずい事言――」

『やた～～～～～～っっ!!』

いきなりばったんばったん跳ね回るアリアさん。超危ないんですけど。

慌てる俺に構わず、はしゃぎ回るアリア。

『とうばつ！　とうばつじゃ～♪』

喜びを爆発させるアリアを見て、俺はかねてから思っていた疑問をぶつけることにした。

「あのさ、なんでそんなに討伐好きなの？」

アリアは、よくぞ聞いてくれました！　という口調で話し出す。

『だってホラ！　我は剣じゃろ？　もちろん剣である前に女じゃし？　必要とされたいっていうか？　戦闘中に、ああ必要とされとる、我、必要とされとる！　っていうのを実感するというか何というか、尽くしたい系っていうか？　な、な、わかるじゃろ!?』

わかんねぇよ。

色々と台無しだった。ていうか誇りはどこ行った。

興奮し始めたアリアさんは止まらない。次第に刀身を妖しく輝かせ、恍惚とした口調で語り出す。

『それに、敵を切った時の血しぶき！　塗りたくられる脂！　浴びる血潮！　そしてさらに相手の肉に突き立てられる我！　ああ！　もうっ！　もう、我はそれだけでっ！　あ、あ、あぁっ……』

ブッ飛んでいらっしゃった。

ドン引きする俺をよそに、ワケのわからん妄言を喚き散らすアリア様。

ガリガリと精神を削られた俺は、癒しを求めてベッドの上のノリちゃんに視線を移す。ノリちゃんは、くーくーと可愛い寝息を立ててお昼寝していた。ノリかわいいよノリ。

俺は、未だノリノリのアリアさんを無視して、ノリちゃんとお昼寝しようとベッドに潜りこんだ。

『添い寝！　我も汝《なれ》の横で寝る！』

目ざとく気付いたアリアが叫ぶ。

剣が寝るとか何言ってんの？　とか、頭おかしい子を隣に寝たくねぇよとか色々思ったが、約束は約束なので鞘を被せ一緒に布団に入れてやる。

『明日は晴れるといいなっ！』

遠足前の幼稚園児みたいなセリフに「そうだな」と返して、俺たちはお昼寝タイムに突入した。

◆6◆

鐘８つに間に合うよう、俺はノリちゃんを頭に乗せ、アリアを腰に差して家を出た。

今回は大型の馬車三台で移動することになっている。

その為、大通り商店街にあるギルドでは無く、俺たちが住んでいる皇都、ゼプツィールの南門前が集合場所となっていた。

余裕をもって家を出たので、特に急ぐことも無く、人が歩き始めた朝の心地よい喧騒の中をのんびりと歩く。ノリちゃんとアリアさんが、ノリちゃん作詞作曲の「シチューの歌」を一緒に歌っていた。

ご機嫌そうなところ申し訳ないが、アリアさんが喋ってるところを見られるのは洒落《しゃれ》にならないので大人しくしてくれないものか。

目的地の結構手前あたりを歩いている時から、なぜか物凄く強い視線を感じた。

一瞬、レガリアの刺客か！　と思い緊張するも、敵意は感じない事に気付き軽く息を吐く。

誰が、何のために俺を見ているのだろうかと思案するが、南門前にチラホラ集まり始めていた冒険者の一人を確認して納得する。と、同時に勘弁してくれよと思った。

オルテナ・レーヴァンテインだ。

遠目で見ると、顔がこちらを向いていることはわかるものの、その視線が間違いなく俺に向かっているかと言われれば断言できない。だが顔がこちらから動かないところをみると正解なのだろう。どんだけ目がいいんだよ……。

そんなことより彼女も今回の討伐チームに参加しているらしい。普通の団体クエストにSランカーが参加するとかどんな冗談だ。

俺はウンザリしながら、歩調は緩めず南門へ到着。

乗り馬車ではなく、荷馬車が三台駐めてある。おそらくはあの馬車で移動だ。戦争モノの映画で兵士がトラックで移動する時みたいに、それぞれが向かい合って座る感じだろう。多少狭かったりするが、何気にそのまま荷台で寝られるので、野営の準備が楽なのだ。

オルテナはといえば、彼女はまだ俺を凝視し続けていた。

居心地が悪い気分で15分ほど待っていると、ギルドの担当官がやってきて点呼を始める。

冒険者にとってはこの点呼も重要な手続きだ。数日間とはいえ、命を預ける者の名前や、情報を把握することは、地味に自身の命に直結してくる。例えば……、

「パーティー、ブラックウインドの四名」

「「おう」」

どよどよと他の冒険者が噂話を始める。この前盗賊の幹部を捕まえただの、以前一緒に仕事をしたとき、腕は確かだっただの、あいつらはあまり周りをフォローしないから連携しにくいだの。

冒険者稼業は物語で描かれる様な夢と希望で溢れる冒険ばかりではない。みな生き残るために必死だ。

「ソロ、オルテナ・レーヴァンテインさん」

「ああ」

一瞬静まり返る冒険者たち。そして先ほどより大きいざわめき。

腕っぷしで生きてきた者にとって、ある意味力が全てだ。俺は知らなかったが、その力の権化であるSランカーを知らない者などいないのだろう。

彼女の突き抜けた美貌に下卑た嗤いを仕掛ける者もいれば、技を盗むため近くで行動しようと考える者や、彼女の近くで行動すれば生存率が上がると計算する駆け出しパーティーもいる。

そうしてそれぞれがそれぞれの立ち位置や作戦を確認し合う中、担当官は淡々と参加者を読み上げていく。

「ソロ、イサオ・イガワさん」

「あ、はい」

——しーん

一瞬にして圧倒的誰あいつ?感が広場を占拠した。

おい、あいつ誰だよ。俺知らねーよ的な会話がそこかしこでなされているのを聞いて、少しだけ悲しくなる。

ブラックウインドのみなさんは、「ニョーラが……っ」とか言って一斉に俺を睨んでくるし……、俺が一体何をしたというのか。

軽くヘコむ俺に構わず、ギルド担当官が最後の参加者の点呼を終えた。

そして、まあ一応、といった感じで点呼に漏れた者がいないかの形式的な確認がなされる。

「他に呼ばれていない方はいらっしゃいますか？」

全員が呼ばれた事は何となくみんなわかっている。返答を待たず、点呼も終わったし行くかと身支度を始める冒険者達。かくいう俺も荷物を手に取ろうとした時、その声は唐突に広場に響き渡った。

「はーい！」

予想外の返事に全員の視線が俺に集中する。正確には俺の頭の上だ。

ノリちゃんが俺の頭から地面に降りる。そして全員の視線を一身に浴びながら持ち前の天使っぷりを存分に発揮して言い放ったのだ。

「イガワノリです、２さいです！」

ペコリとお辞儀したノリちゃんは、凶悪と言っていいほどの破壊力を持っていた。苗字と名前を逆に言ってしまったのは俺がそう教えてしまったからだが、今そんなことはどうでもいい。

俺は音の壁を超えノリちゃんの前に回り込み、片膝立ちになると、すかさずЙЦБЭ（消えない記憶）（古代魔法《ロストルーン》）を使って、お辞儀をするノリちゃんを激写した。

後でЁГЖЯШ（過去をこの手に）（古代魔法《ロストルーン》）で出力し、ノリちゃんが嫁に行くときに渡すつもりのアルバム『ノリちゃんのあゆみ』にその記録を残すのだ。まあ旦那は殺すけど。

それにしても、以前よりノリちゃんの可愛さは世界に通用すると思ってはいたが、これだけの圧倒的破壊力を目の当たりにすると不安にだってなる。彼氏は殺すと決めているものの悪い虫がついてしまうのではないかと心配にもなってしまう。まあ悪い虫も殺すけど。

「すきなごはんはシチューです。きらいなごはんはぴーまんです！」

ああっ、ノリちゃん、ピーマンはごはんじゃなくて食材よ！

周りを見るとほとんどの冒険者たちがハートを撃ち抜かれていた。オルテナに至ってはその眼に流星群を召喚して、クールな美貌を台無しにしている。

中には――、

「おい、あの幼竜マジ喋ってるってマジやべぇ、アレ高位種だよやべぇよマジパなくヤバくね？つーかマジ超やべぇ」

ノリちゃんの特異性に気付く者もいたが、最高に頭の悪い喋り方だったので無視することにした。

アリアさんが俺の腰元で自己紹介したそうにウズウズし始めたので「お前はダメです」と黙らせる。どうせ我なんか……、とショボーンとしていたが、『我の好きなタイプはぁ～♪』とかアホ抜かされても困るだけだ。

ともかく、そんなこんなで点呼が終わり、今回の編成が明らかになる。

パーティー五組、ソロ三名　総勢19名の大所帯となった。まあ少なくとも40匹以上の武装オークを相手にするクエストなので当然と言えば当然、むしろ少ないほうだ。

討伐チームは二手に分かれて馬車に乗り込み移動を開始する。もう一台の馬車は食料等の荷物運び用だ。

俺はブラックウインドの皆さんと別になってホッとしていたのだが、オルテナさんが向かいに座り、じ～っと見つめてくるので居心地が悪くてしょうがない。

彼女は時折聖剣に視線をやって目を細め、ノリちゃんに視線をやっては、目をキラめかせていた。クールな表情のまま目をキラめかせるもんだから、なんか怖い。たまに唇を尖らせ「チチチチ……」とやっているが、きっとノリちゃんを呼んでいるつもりなのだろう。

「イサオさんマジヤバくないっすか？　っつーかマジ超ヤベぇんすけど、オルテナさんがマジイサオさんのことマジガン見してんスけどぶっちゃけマジこれってパなくねっすか？」

なぜか隣に座りグイグイ来るチャラ男にも微妙に精神を削られた。

あまりにもいたたまれなくなった俺は、御者をやってくれている冒険者に「俺、変わりますよ」と声をかける。そして御者をやっていたら、オルテナさんが当然のごとく隣に腰を下ろして俺を見つめてきた。この子は自分の美貌を理解しているのだろうか。後ろではチャラ男が「イサオさんマジパネェっ！」と興奮している。

「あの……、御者を代わっていただけるんですか……？」

「いや、私はやったことないので出来ないと思う」

「あの、ならば何故この御者台へ……？」

「あなたが私の捜し人に似ているからだ。むしろ本人ではないかと思っている。あとノリちゃんが可愛いからだ」

前半のセリフでドキっとして、後半でさすがSランカーはわかってんなと思った。

「なあ、この大陸で黒髪黒目は珍しい。あなたは知らないか？　レガリアの金の勇者と黒の元勇者、黒の方の勇者を捜しているんだ」

俺です（笑）。

とは簡単に言えない。元勇者を友好的な意味で捜している人ももちろんいるが、敵意を持って捜す人だって中にはいるのだ。この子がどちらかまだわからない。

「ちなみに、なぜ捜しているか聞いても？」

「彼は恩人だ。お礼が言いたい」

「他には？」

「色々あるがそれは言えない」

なるほど、まあ悪い感情を持ってる方ではなさそうだ。

しかし、恩人となると誰だろう。結構な数の村や街を助けて旅をしてきたから、助けた人たち全員なんて覚えていない。

確かに黒髪紅目という彼女の特徴は珍しいけど、俺としては、青の髪や金の瞳やピンクの髪なんてものまであるファンタジー全開のこの世界で、それが決定的な記号になるとは思えない。

そういえばドロテアのところに預けた女の子も黒髪紅目だったような気がするが、なんていうかこうもっとガリガリでちんまくて弱っちいガキだったはずだ。そもそも気まずい事情があって顔もあんまり見られなかったのでちゃんと覚えてない。

それにあの子は「リュリュ」という名前だったはずだ。オルテナではない。

俺は再度オルテナを見る。

「うーん……、やっぱ違うよなあ……」

「何が違うんだ？」

「いや、こっちの話」

オルテナさんは艶々した長髪だし、175センチの俺よりちょい低いくらい背が高いし、見た感じおっぱいは何ていうか……こう、生意気そうだし、唇厚めのエロかっこいい系の超絶美人さんだし……。

うん、無い。違うわ。あの子ではない。ていうかそもそも兵士一人も相手に出来なかった女の子が2、3年でSランカーとかあり得ない。

となると誰だろうか。わかんね。

思い出せないことをすっぱり諦めるのは俺の特技だ。

そもそも名乗るつもりが無いのは一緒だし、実はあなたの恩人でしたと言ったところで気まずいだけだ。

「もし会ったら言っておくよ。オルテナさんが捜していますよって」

「ああ、ありがとう。お願いする。あとノリちゃんと触れ合いたい」

美人さんを隣に、天使ちゃんを頭の上に、カッポカッポ馬に引かれながらのんびり街道を行く。

目指すはドラン平原最奥『ガザの森』。

邪魔にならない程度に、目立たない程度に頑張ろう。

俺は、オルテナさんに遊んでもらって大喜びのノリちゃんを眺めながら、
今日も幸せだ、そう思った。

◆7◆

現地に到着し討伐開始より2日目。

こんにちは。

俺は未だ一匹のオークも討伐することなく後方支援に徹しております。

予想よりも2倍以上オークの数が多かったにもかかわらず、今回の討伐は順調だった。

ブラックウインドの方たちは、口だけではなく腐ってもBランクのパーティーであったし、俺の精神をガリガリ削って来たチャラ男が意外なほど強かった事、その他のパーティーも、きちんと自分たちの力量を把握しており、無理な行動を控え、細かく連携を重ねることで大きな戦果をもたらしている。

とはいうものの、やはりそれ以上にオルテナの存在が大きかった。

客観的な話として、多くのSランカーは傲慢で自分勝手な振る舞いをする奴が多いと聞く。力がものを言うこの世界においてそれは当然の帰結なのかも知れなかった。

だが、オルテナはその例外にあたるらしい。

雰囲気や口調が硬かったり冷たかったりするものの、気さくに他の冒険者と接し、昨日の野営の時などは、他の冒険者に乞われて剣の手解《てほど》きまでしていた。

戦闘中の今だって自分から突っ込むことはせず、一歩引いて周りを俯瞰《ふかん》し、手の足りなそうなところへと積極的に介入して回っている。

三名の新米パーティーに六匹のオークが突っ込んできた時なんかは、一瞬で四匹を切り殺すと、新米たちが残りの二匹との戦闘が終わるまで待機していた。危なくなったら加勢するつもりだったのだろう。びっくりするほどの面倒見の良さだ。

4倍以上の数のオークを相手にして、誰も大怪我をしないで済んでいるのは、間違いなくオルテナのおかげだ。

それで肝心の俺は何をやっているかというと……。

回復魔法が使えることもあって、仕事は専《もっぱ》ら回復援護だった。

ちなみに帰ったら薪拾いと炊事も俺の仕事だったりする。ブラックウインドのリーダー役であるブレットの一声で押し付けられてしまったのだ。他の冒険者は手伝おうとしてくれるが、その度に彼らの横槍が入るので、謹んでお断りしている。

「イサオさーん、回復お願いしまーす」

「はいよー」

無詠唱で軽めの回復魔法をポンポン飛ばす。このくらいなら身バレすることもないだろう。

「おいニョーラ！　早く回復よこせ！　ぶっ殺すぞ！」

「ういーっす」

ぽい〜〜っとな。

楽なモンだ。

「イサオちゃん、オレ的にマジちょっと回復願いたい方向っつーかー」

「……」

「マジっすか!?　マジシカトの方向っスか!?　オレ、イサオちゃんとはマジＷｉｎＷｉｎなカンケー築きたい系なんスけどぉ！」

「…………」

ふう〜、労働は素晴らしいね。

そんなこんなで今回の討伐も終盤。きっと何事もなく終わるだろう。

よし、帰ったらノリちゃんと一緒にお風呂に入ろう。遠征で２、３日風呂に入らない事は珍しくないが、ノリちゃんはお風呂が大好きなのだ。

『……おい』

戦闘で大分埃も浴びた事だし、すべすべお肌をキチンと洗ってあげなくてはならない。

そして久々の大口依頼達成記念として、ライラック鳥をこんがり焼いて、甘辛いタレにつけて食べさせてあげよう。美味しそうにはむはむする姿が目に浮かぶ。

『……おい…………汝《なれ》よ……』

そういえば今度『勇者の大冒険』って絵本を読んで欲しいって言ってたな。ノリちゃんは読み始めるとすぐ寝てしまうから、何回も最初から読み直していて、もうほとんど暗記してしまっている。

だから今日の野営の時にでもお話ししてあげようかな、いや、やっぱり絵本を指定するあたり、絵が無いと物足りないのだろう。

ああノリちゃん、ホントはそんな絵本より本当の勇者（元）のお話を聞か――――、

――――ブワッッ!!


ヤバい……、聖剣さんが呪いの剣になりかかってる……。

『……そんなに……死にたいのか……』

「アリアさんマジすんませんでした……」

最初は、『あ、オーク発見じゃ！　汝《なれ》よ早く、早く斬ろう！』とか大はしゃぎだったのだが、ブレットさんに「ニョーラはすっ込んでろっ！」と怒鳴られ、俺が後衛に下がってから彼女は完全にダークサイドの住人と成り果てた。

俺は、最初は意識的に腰元を見ないようにしていたのだが、刻一刻と膨れ上がる瘴気と、段々と狂気を孕《はら》んでいく独り言。

紫色の触手的な瘴気か何かが、俺の左腰でウネウネし始めてもなお彼女を無視できるほど、根性はない。

俺が最強の勇者（元）だろうが関係ない。怖いもんは怖いんです。

『あぁ……肉を切りたい、骨を砕きたい、血を、吸いたい……』

完全にキてやがる。

呪われた武器の思考回路じゃねえか。

恨みや怨念も無く、どうやったら単独でここまで高く飛べるのか。

『死にたくない』と、俺は思った。

俺は生まれたての小鹿のようにガクガク震えながら、近くで放置されたオークの死体に近づいた。

死体に鞭打って喜ぶような下種な趣味は持ち合わせていない。

そもそもこの世界に召喚されて4年経ってもなお、ヘタレな俺は生き物を傷付ける行為すら多大なストレスを伴う。だが俺に選択肢は残されていなかった。

俺はシャランとアリアを抜き放つと、死体に剣を突き立てた。そうして音も無くオークの死骸に刺さった聖剣様から賜った言葉はこうだ。

『おい、聖剣たる我が死骸の血を啜《すす》って喜ぶと思っているのか？　生き血を吸わせろ』

お前は『聖』という字を何だと思ってやがる。

「頼むから聖剣の言うセリフじゃないことに気付いて下さい」

『む、むう、それはそうじゃな、聖なる我が、ちと戯《たわむ》れが過ぎたわ。今回はこれで我慢してやるのじゃ』

戯れにもほどがあるんですけど。

それでもアリアが奇跡的に正気を取り戻したと安堵していたら、彼女は『あ、あ、あぁぁっ！』とか言って死体から血を吸ってトリップしていらっしゃった。

俺はそっと目頭を押さえて、首を振る。

今度良い病院に連れて行ってやろう。

＊　　＊

そんなこんなで討伐自体は終わり、全員で帰る準備をしていた時だった。

黄色く光る半透明の小鳥がギルド担当官の肩に止まった。

すると小鳥は、足に付けていた紙切れを残し、光の粒子となって消える。中位の伝達魔法だ。

この世界に転移先座標を制御できる転移魔法や念話といった魔法は存在しない。急ぎの情報伝達は専ら先程の伝達魔法でなされる。

あらかじめ対象の生体魔力波にアンカーを打ち込み、魔力で顕現させた疑似生物がそれを辿ることで軽量物を運ぶことができ、主に手紙などをやり取りして情報伝達を行うのだ。

国家間、都市間、ギルド間、あらゆる組織で用いられるこの魔法も簡単なものではなく、専門的な訓練と入念な準備が必要とされ、地味ながらも使い手は一生食べるのに困らないと言われる魔法だ。

そうやって届けられた手紙を手に取り、ギルド担当官が目を剝いた。何か良くないことが起きたのだ。

「南東にあるデボア村が盗賊の襲撃を受けているらしいです」

ギルド担当官から告げられた一言。一行に緊張が走る。

この世界において、村といっても自立している集落である以上、落とすことなど言うほど簡単なことではない。

野党が闊歩《かっぽ》し、魔獣が徘徊する世界でコミュニティとして存在しているのだ。ただ畑を耕すだけで生き残れるわけがないし、何よりここは魔境に接する都市《ゼプツィール》の勢力圏だ。

そんなコミュニティを白昼堂々襲うことの出来る盗賊団となると限られてくる。

「……バルガス盗賊団」

誰かが呟いた。

幹部がみな元Bランク以上の冒険者という、近隣では最大最強の盗賊団だ。

「これより緊急クエストを発布します。希望者を募りますので手をあげてください」

誰も手をあげるものなどいない。あたりまえだ。

武装し戦い慣れた数十人規模の盗賊集団に、誰が好き好んで特攻したいものか。しかも幹部連中は全員Bランク以上ときている。見返りが大きくとも命あってのモノダネなのだ。

青い顔をした冒険者たちが目を伏せ、互いに視線をあわせた。その時――。

「……私が行く」

殺意を秘めた押し殺すような声。

オルテナだった。

紅い眼に危険な光を湛《たた》えた彼女は宣言する。

「私だけで十分いける」

ギルド担当官の「ほ、他に志願者はいませんか」の声に、俺はオルテナがちょっと気の毒になり
「手伝おうか？」と言うと、

「騎士団の足止め部隊が出ている可能性がある。あなたはこの集団を守ってくれ。回復魔法の使い手は希少だ」

「でも一人で行くのはさすがにマズくない？　万が一ということもあるし」

「いや、聞く限りでは一刻を争う。デボア村ならこの森を突っ切るのが最短ルートだが、馬車で移動となると街道まで戻らなければならない。それに私のスピードに付いてこられる者がいるとも思えない。どちらにしても一人で戦闘に突入することになるだろう。ならば帰りの街道の安全を確保してくれ」

正直俺は舌を巻いた。

無双の戦闘力を持っているだけではなく、高度な状況分析能力を有している。やけにギラつく目

を見て不安になったのだが、これなら大丈夫そうだ。

そんなことを考えているうちに、オルテナは自分の得物を掴み、凄まじい速さで森へと突入していった。

彼女なら大丈夫だろう。

俺たちはなんとなく気まずい空気の中、片づけを済ませ、馬車と並行して歩いて街道に出ると馬車に乗り込んだ。

街道を行き始めて1時間くらいだろうか、両サイドに木が茂る林のエリアに差し掛かった時、林から武装した集団が出てくるのが見えた。

警戒をしていた冒険者が叫ぶ。

「敵襲だっ!!」

◆8◆

「敵襲だっ!!」

馬車から飛び降りる冒険者たち。みな状況を確認して顔面を蒼白にした。

「か、囲まれてるっ！」

正面の20人程の盗賊たちが武器を打ち鳴らして威嚇をしている。待ち伏せをしていたのだろう。後方にも同数の盗賊たちが展開しはじめていた。

ニヤつきながら野卑な笑い声を上げる盗賊たち。どいつもこいつも圧倒的優位を確信している。

「やるしかねえ！　お前ら構えろ！」

ブレットが檄を飛ばしてはいるが、冒険者たちの士気が上がるはずもない。相手は倍以上の武装集団、そして囲まれているという圧倒的不利な状況、Bランカー以上の猛者がいるかもしれないという恐怖。誰もが戦線離脱を狙っているが、現状がそれを許さない。

このままだと、破れかぶれに突撃して果てるのが目に見えていた。

新米のパーティーなどは、足を震えさせながら「や、やってやる！」などと悲壮な決意をしている。

そんな中、俺だけがはどうしたもんだろ、と気楽に考えていた。

何をどう間違っても、俺がやられることなんてありえない。かといって俺は、俺以外はどうなっても関係無いなんてスカした思考は持ち合わせていなかった。

自分でも損な性格だとは思っているが、生まれ育った環境で培《つちか》った価値観を大事にして悪い事なんて無いはずだ。

それに俺はオルテナに頼まれた。この集団を守ってくれ、と。ハナからみなさん無事に帰ってもらうのは決定事項で、どうしたもんかと思うのは、どうやって殺さず目立たず全員無事にこの場を切り抜けさせるかという点だったのだ。

そして何よりも、その他の理由なんざハナクソの如くどうでもいい程の重要な理由が俺にはある。

ノリちゃんの教育のためだ。

人からモノを盗んだり、傷つけたりすることがどれだけイケナイことなのか。そんな悪いことをする人はどうなるのか。

俺はノリちゃんの目の前で、盗賊どもに「めっ！」をする義務があるのだ。

考えてもみてほしい。

もし将来、ノリちゃんが悪を悪とも思わず、盗賊になる！　とか言い出したらどうなるかを。

神獣が超魔法でもって行う強盗を、一体誰が止められるというのだ。

ただの反抗期ならまだいい。多感な彼女が成長の過程でちょっと悪ぶってみるというだけの話なら、結果、国の一つや二つが消滅しようがそれはしょうがない事だと思う。よくある話だ。

だがノリちゃんが本気で悪の道に入ってしまったら俺はいったいどうしたらいいというのか。
「あなたをそんな風に育てた覚えはない！　あるじは知ってるよ、ノリちゃんは本当は優しい子だってことを！」と全世界に向けて涙ながらに訴えるしか方法は無いではないか。
そんなことは絶対にあってはいけない。
俺は決意を新たにするため、ノリちゃんが盗賊になってしまった時のことを想像してみる。

――――あんなー　ノリなー　とーぞくになったのー

…………。

――――あんなー　ノリなー　とーぞくシチューがたべたいのー

ん？

――――イガワノリです！　とーぞくです！（ペコリ）

んん……っ？

アリ……じゃないですか……？

全然アリなんじゃないスかコレ……!?

俺は新たな発見に、今まで常識というつまらない枠に囚われて生きてきたのだと痛感した。

簡単な事だった。盗賊になろうが海賊になろうが、ノリちゃんはどうなっても可愛いのだ。

これだけ一緒に暮らしていて、そんな当たり前のことすらわからなかった自分を深く恥じた。

「ノリちゃんごめんね、あるじダメダメだった……」

うりゅ？　と首を傾げるノリちゃん。

「でもねノリちゃん。やっぱり俺も人の子で、親から教わった道徳を信じるよ。ノリちゃんは悪い人好き？」

「きらいー！」

うん、それでいいんだ。

君が将来どんなことをしたって、君は可愛いし、俺は君を愛し続けるよ。でも俺は、君が世界中から愛される子になって欲しいんだ。

俺が一つの結論を出していた時、状況もまた動き出していた。

正面の盗賊の集団が割れ、一人の男が歩み出る。筋骨隆々の歴戦の猛者《もさ》といった印象だ。身に着けている鎧も、黒く木目のような波紋が揺らめいている。希少なダマスカス鋼で作った逸品だ。おそらくは幹部なのだろう。

歩みを止めた男が朗々と告げる。

「俺はバルガス。この盗賊団の団長だ」

静かに告げられた一言に、俺以外の全員がすくみ上る。

「お、おい……、大将かよ！　元Aランカーじゃねえか……っ！」

そもそも圧倒的劣勢の状況で戦意が崩壊しかけていたというのに、ここに来てAランクの登場。もうすでに士気もへったくれもない。

終わった。ここで死ぬ。ほとんどの冒険者がそう諦めかけた時――、

「この中に、『ブラックウインド』というパーティーがいることはわかっている。そいつらを差し出せ。部下を可愛がってくれた礼をしなきゃならん」

冒険者達が一斉にブラックウインドの四人を見た。

「ほう、お前らがブラックウインドか。約束しよう、抵抗しなければ、そいつら以外は全員無事に返すと」

僥倖《ぎようこう》。

盗賊から告げられた一方的な通告。

だが、素直にそれを信じられるほど甘い状況ではない。そうやって生きられるほど冒険者稼業は甘くない。正面から正々堂々なんて世迷い言が通じる世界に生きてはいないのだ。

中堅パーティーのリーダーが口を開く。

「なぜだ？　あんたらはその気になれば俺たち全員を殺せる。なぜ四人以外を見逃すんだ？　それを信じられるとでも？」

それは当然の疑問。

バルガスも、その質問は当然といった風に答える。

「全員殺せば伝わらないからだ。俺たちに手を出せばどうなるのか、それを効率的に広めたい。まあこちらの損耗を抑えたいというのもあるがな。どちらを選んでもいいんだ。俺達のすべき事は決まっている」

ここまで聞いて、鵜呑みにするわけではないが冒険者たちが納得する。納得できないのはブラックウインドの四人だった。

「おい、テメエら！　裏切ンのか！　一緒に旅した仲間じゃねえのか！」

仲間と言われても……とか、この遠征で一番傲慢で高圧的だった奴が何を言ってるんだ？的な空気で冒険者たちが目配せする。

俺から見ても、他の冒険者達を冷たいとか薄情だとかは思わない。

彼らが生き残るためには、バルガスの申し出に従うしか道は無いし、即席の討伐チームに共闘以上のモノを求められたってそりゃ困るに決まってる。

それに名をあげることで付き纏う危険が増えるなど当たり前のことだ。リスク無くしてリターンなど無い。要するに自業自得であって、むしろ他の冒険者は巻き込まれてしまっただけだ。

「クソっ！　ふざけるんじゃねえ！　誰のおかげで今回のクエストを完遂出来たと思ってんだ！」

ますます白ける冒険者たち。可哀想だとは思うが普段からの行いがもう少し違っていれば、結果は違っていたのだろうと思う。しかし結論は決まってしまったようだった。

「決まったようだな。他の連中は武器を仕舞って帰る準備でもしてな。おい！　取引は成立した！　テメェらも他の連中に手を出すんじゃねえぞ！」

背後に展開していた盗賊たちも、他の冒険者を素通りして、ブラックウインドの四人に近づいていく。

俺は、助けようかと一瞬迷ったが、こうなるとさすがにしょうがない、と帰り支度をしようとしたとき、ブレットが叫ぶ。

「おい！　俺たちを助けろ！　手を貸した奴には１００万ギル出す！　金持ってんのは知ってんだろ！」

今ここにいる誰もが、何言ってんだお前、みたいな顔でブレットを見る。

１００万もらっても死んだら意味ねーだろ、と全員の顔に書いてあった。

――そう、俺以外はな！

おもむろに俺は、パチンと指を鳴らす。

――ドサッ　ドサドサドサドサッ

ブレット以外の冒険者全員が崩れ落ちた。

盗賊は眠らせていない。理解させなければいけないからだ。

そして俺は口元を三日月形に吊り上げる。瞬時にブレットの背後に迫ると、耳元で囁いた。

「……今のは本当だな？」

ビクッと振り向いた彼の顔には怯えが浮かんでいる。

豹変した俺に対して言葉が出ず、口をパクパクさせ何か言おうとしていた。

「70万でいい、その代わり……これから起こることを口外するんじゃない……」

腰を抜かして尻もちをつき、呆然と俺を見上げるブレットを尻目に、俺はバルガスに言い放った。

「ていうわけで、申し訳ないけど俺の借金返済計画に付き合っていただきますよ」

返事を待たず右腕を振る。

馬車の後ろから近づいてきていた盗賊たちが、
一人残らず空に舞った。

時が止まったかのような沈黙。はるか頭上から聞こえる絶叫だけが鼓膜を刺激する。

誰も身じろぎもしない十数秒後、俺は厳《おごそ》かに左腕を振った。

盗賊どもを地上激突寸前でスピードを落とし、ゆっくり優しく地面に下ろしてやる。

落下中に気を失ったのか、急激な減速に耐えられなかったのか、彼らは例外なく白目を剝き、泡を吹いていた。

「さて……と……」

俺はゆっくりと、正面に展開する盗賊たちに体を向ける。

突然の超展開について来られない皆さんは、泡を吹く仲間達から視線を外せないようだ。

俺はどうやって残りの盗賊たちを気絶させようか思案していると、突然、声が上げられた。

「はーい！　はーい！　はいはいはいはーい！」

元気よく右手を上げるマイエンジェルノリちゃん。今日もキラッキラしてる。

俺は珍しいシリアス場面にもかかわらず、だらしなく相好を崩して問いかけた。

「はい！　今日も元気なノリちゃん！　どうしたの!?」

ノリちゃんは花咲くような満面の笑みで元気に言った。

「あんなー　ノリもなー　せいあつしたい！」

「いいでしょうっ！」

ノリちゃんに既に制圧されている俺は、腕を組んでうんうんと頷く。

考えてみると、ノリちゃんが「せいあつ」するのは今日が初めてだ。いつもノリちゃんを守りたい一心で俺が何とかしてきたが、いずれ独り立ちする時のため、彼女にきちんと練習させてあげなくてはならない。

百獣の王『ライオン』も、海のギャング『シャチ』も、最初から狩りが出来るわけではない。親が見守る前で簡単な獲物を仕留めて立派に育っていくのだ。それは神竜たるノリちゃんにも当てはまると俺は思う。

だから今日はノリちゃんの『はじめてのせいあつ』だ！

今日という日を心に刻み、毎年お祝いをしなければならないだろう。なんせ今日はノリちゃんの初制圧記念日なのだ。

「ノリちゃん、今日は赤飯を炊こう」

目頭が熱くなってきた俺は、鼻を啜って笑いかける。

ノリちゃんが嬉しそうにキャッキャッと頭を振っていた。

「き、貴様ら何を言ってぐふぇ――――」

うるさい外野を黙らせて、俺はノリちゃんを見つめた。

「ノリちゃん、じゃあやってみよう。最初は慣れないだろうから思い切っていこう！」

「はーい！」

ノリちゃんは右手を上げて元気よく返事をすると、かわいいクリクリおめめを閉じて、ふぃーふぃーと一生懸命力を溜める。

少しして満足したのか、ノリちゃんが「いいですか？」とばかりに俺を見た。俺は、「いいよ」と頷く。

ノリちゃんは嬉しそうに尻尾をピコピコさせて——、

「え～い♪」

バンザイしながらその力を解放した。

ノリちゃん同様、キラキラと綺麗な魔力が上空を駆け上がり、そして……、

——夜になった。

「「「え？」」」（俺含む）

◆9◆

ノリちゃん同様、キラキラと綺麗な魔力が上空を駆け上がる。

次の瞬間……、夜になった。

「え……？」

少し焦った俺は上空を見上げた。そして知る。神竜たるノリちゃんの力を。

夜になったわけではなかった。

ただ巨大なソレが日光を遮っていただけだ。

はるか上空に、何メートル、いや……、
何キロメートルだろうか、

——い、氷塊。

圧倒的質量の氷塊が、大地に落ちれば長時間に渡って粉塵が太陽を遮り、海に落ちれば大津波が起きる。そういうレベルの代物が、地上に向けて全力疾走中であった。

「————っ!!」

さすがの俺も、これはマズイと思い、焦りながら事態回避のための魔法をチョイスする。

「奈落門大決壊《アビスゲート》!!」(封滅魔法)

――――――バリバリバリバリバリバリィィィッ

落雷のような轟音を伴ってやはり上空、数キロメートルにも渡り空間に亀裂が走った。

と、突如亀裂の向こう側から、喩《たと》えるのも馬鹿馬鹿しいほど巨大で真っ白な一対の手が現れ、亀裂の縁を掴み、メリメリと亀裂を広げていく。そうして広げられた亀裂から現れたのは百メートルは下らない巨大な顔。

顎が左に反っている左右非対称な歪《いびつ》な輪郭に、凹凸の無いのっぺらぼうが地上で這う塵芥《ちりあくた》を睥睨《へいげい》する。

すると、いきなりその顔がバクリと縦に裂けた。剝き出されるはヌラヌラ光って蠢《うごめ》く紫色の肉。体液と思われる大量の粘液が大量に降り注ぐ。次いで響き渡るのはおぞましい叫喚。


――――――イイイイイイイイィィィィイイイッ!!

盗賊たちが腰を抜かして股をぐっしょり濡らしている。バルガスですら例外ではない。ブレットは脱糞までしてしまっていた。

誰もが背骨を駆け上がる悪寒と、腹の底から這い上がる恐怖にブルブル震え、そこらじゅうに汚物が撒き散らされ異臭が立ち込める中、

「ふぅー、間に合った～」

俺は一仕事終え、額の汗を拭っていた。

すると、金属を擦り合わせたような甲高く耳障りな声が辺りに響き渡る。

『わたしを解き放った塵に等しき者達よ、あなたたち全てを塵に還しがぶぁ――――』

どかーん

大隕石クラスの氷塊が化け物に直撃。

化け物は氷塊と共に亀裂の向こうへ、びっくりするほどあっさり消え去った。

「閉門《ミズガルズ》」（天空魔法）

開いていた数キロメートルにも渡る亀裂が音もなく閉じて、やがて大気に馴染むようにして消えた。

何も起こりませんでしたと言わんばかりの、ある種の気まずさだけが現場に残る。

「「「「…………」」」」

呆けたように空を見上げるみなさん。

ふうと息をつく俺。

うりゅ？　っと不思議そうに首を傾げるノリちゃん。

「ノリ、ノリなー　やらかしたかもしれん……」

ちょっと伏し目がちに悲しそうなノリちゃんが、とぼとぼと近づいてくる。

可愛い。誰よりも、何よりも愛しい。命に替えても守り抜くべき大事な家族だ。

だけど、だからこそ俺はきちんとしなければならない。つぶらな瞳を見ていると躊躇してしまいそうになる。罪悪感でいっぱいになる。

だが、それでも俺はノリちゃんの家族としてキチンとしなければならなかった。

俺は心を鬼にしてノリちゃんと向き合う。

「ノリちゃん！　めっ！　めっ、だよ!!」

「――っ！」

ビクっと震えたノリちゃんが驚いたように俺を見た。

そして、本気で俺が「めっ」をしていることに気付くと、じわっと涙がクリクリおめめに広がり、耳も翼も尻尾も小さく縮こめて俯いてしまった。

俯き涙目になりながら、チラチラと盗み見るように俺を見上げるノリちゃん。

「ノリ……ノリなー　ノリわるい子だった……？」

消え入りそうな小さな声。

「ノリちゃん違うよ、ノリちゃんは悪い子じゃない。俺が不注意だったんだ」

「で、でもなー　あるじなー　ノリ……ひっ、うぐぅ……ノリに『めっ』てした……っ」

とうとう堪《こら》えきれなくなったのか、そのおめめから大粒の涙が零《こぼ》れ落ちる。

ノリちゃんを叱る時、俺はいつも自分をぶち殺したくなる。切り刻んで限界を超えて苦痛を受け入れ、全ての罪と罰を受けたくなる。

「うっ、ふぅぇっ、あるじが、あるじが『めっ』ってしたぁっ！」

だが、彼女のために、たとえ俺が「思い切っていこう」と言った結果だとしても、理不尽だと感じたとしても、彼女の将来のために俺は叱らなければならないのだと思う。

表現が間違っているかもしれない。だが誤解を恐れず言わせてもらう。

ノリちゃんは災害だ。

神竜という力の極致の存在。

彼女にとって何の気なく垂れ流した力が、多くの人にとって絶望的なまでの脅威だ。

彼女が無邪気に放った力が、多くのものを壊す。何気なく放った力が、多くの命を奪う。

彼女に悪意や敵意など無い。罪すらないと俺は思う。

だが他人はどう考える？　奪われた人は「知りませんでした」の一言で納得するか？

答えはＮＯだ。

人は恐れ憎むだろう。こんなにも素直で愛らしい彼女の事を、人は心の底から嫌悪するだろう。

そうなった時、一番傷つくのは誰か。それは他でもないノリちゃんなのだ。

たとえ俺がどうなったとしても、それだけは絶対に認められなかった。彼女は愛されるべきだ。

いや、愛されなければならない。

そのために、たとえ右も左もわからぬ幼子だとしても、力ある者だからこそ、その意味を知らなければならない。俺はそれを教えなければならないと思うのだ。

だから俺はそっとノリちゃんを抱きしめる。

「ノリちゃん、いつも言っているよね？　君はすごい力を持っている。だからこそ力を制御しなくちゃならない。むやみに人を傷つけないよう注意しなくちゃならない。人はね、ノリちゃん、君が思ってるよりずっと弱くて脆《もろ》い存在なんだ」

「あるじ……、ノリのこときらいになった？」

「嫌いになるわけないでしょノリちゃん。俺はね、世界で一番君が好きさ」

気付いた時には、なぜだか俺も泣いていた。

なぜ俺は泣いているんだろうと考えてみる。

彼女を泣かせて悔しかったのだろうか。違う。

彼女が泣いて悲しかったのだろうか。それも違う。

だったら何故俺は泣いている？

ああそうか、あまりに単純な答えに俺は苦笑した。

愛おしいのだ。

自分は悪いことをしたのかもしれないと、俺に嫌われてしまうかもしれないと、扱いきれないほど巨大な力を秘めた小さな体を震わせ涙を流す。

そこに打算や嘘など無い。二人の間には地位も名誉も性別も種族も何も、阻む壁など存在しない。勇者だ神竜だ魔王だSランクだ、そんな御大層なものでも特別な何かなど塵ほども関係ない。

ただそこにあるのは、どこまでいっても「家族」とその「絆」だった。一緒に手をつないで歩み、慈しみ合う。

一度は失い、そして何よりも欲した、そんな当たり前のことを当たり前に与えてくれる。

俺はそんな彼女が、狂おしい程に愛おしかったのだ。

「ノリちゃん、あるじのこと好き？」

抱きしめられ、身動きがとれないまま、コクリと頷くノリちゃん。

「俺はこれからも『めっ』することがあるかもしれない。ノリちゃんが俺のことを嫌いになるかも知れない。だけど聞いてくれノリちゃん。君がどんなことをしようと、たとえ世界が君の敵になろうと、もし君が俺を嫌いになっても……」

ノリちゃんにはまだわからない話だろう。

だが俺が何か大事な事を言おうとしているということを感じ、真っ直ぐ、ただひたすら真っ直ぐ俺を見つめている。

だから俺は今日一番伝えたかったことを口にした。

「……君を愛することをやめるつもりはない」

普段聞いたらクサ過ぎて眩暈がするようなセリフ。

間違ってもヘタレな俺から出ていい言葉ではないのはわかっている。

でも今日、今、この瞬間、思うが儘《まま》を彼女に伝えるべきだ。

俺はそう思ったんだ。

＊　＊

始めから終わりまで何が起きたかまだよくわからない盗賊たちは、もはや抵抗する気も無いようだった。

全員を縛り終え、冒険者たちが目を覚ますのを待っていると、ひょっこりオルテナがやってきた。

オルテナによると、盗賊たちにとってはデボア村ではなく、こっちこそが本命だったらしい。それを聞いて飛んできたとのことだった。

盗賊側の情報として、ブラックウインドがオーク討伐に出ていることまでは判明しているものの、それが広大なドラン平原のどのあたりで行われているかまでは把握できなかった。

そこで、デボア村を襲うことで、そちら側の街道の使用を意識的に控えさせ、もう一本の街道を行くよう仕向ける。騎士団はもちろん真っ直ぐデボア村へと向かうので、万が一にもカチ会うことはない。そうやって考えると、デボア村の人はとんだとばっちりだった。

聞けばなかなか考えられた作戦だったものの、盗賊たちの誤算は、デボア村にSランカーが向かい、本命には俺とノリちゃんがいたことだろう。

一軍を相手に出来る女と、世界を相手に出来る俺と、同時に相手にしてただの盗賊団がなんとか出来るわけがない。

彼らに運が無かったとしか言いようがなかった。

盗賊40人も乗せる足が無いため、結局俺たちは騎士団待ちとなった。

その間、盗賊とブレットは俺に怯えっぱなしの態度をとり、他の冒険者達をごまかすのに苦労した。オルテナも常に俺を視界に収めて何かを探るような素振りを見せている。

なんやかんやあったけれど、正体を隠したい俺としては結局のところ散々な遠征となったのだった。

だが悪い事ばかりではない。俺はこの遠征でノリちゃんとさらに深い信頼関係を築くことができたんだ。

のんびり御者台に座る俺、頭の上にはノリちゃん。隣にはやっぱり今回も絶世の美女。なぜか近くに陣取るチャラ男。

カッポカッポのどかな道を行きながら俺は思う。

愛しい家族の成長に責任を持つということは、楽しいだけでは済まされない。

時には叱り、嫌われることだって覚悟し、それでもやっぱり嫌われたくないという、無限ループに頭を悩ませることだってあるだろう。

だから強さ以外に何もない俺にとっては、見ている者が滑稽だと笑うくらい必死に走り回るしか選択肢なんて無い。

でもきっとそれでいいのだ。なぜならば、

「ノ〜リちゃん！」

「あ〜るじ！」

キャッキャキャッキャキャッ
俺にはノリちゃんがいるんだから。

「イ〜サオ」（オルテナ）
「「え？・」」

◆10◆

「はぁ、はぁ、はぁ……」

違う！　こんなはずじゃねえ！　こんなはずじゃなかった！

俺たちは狩る側だ！　俺たちはいつも狩ってきたんだ。こんな……、こんな狩られる側じゃねえ！

俺はあの女に背を向け必死に逃げた。

知ったことか！

斬りかかろうが警戒しながら後退しようが関係ねえ、あの女にそんなことは関係ねぇ！

だったら一歩でも遠く、少しでも早く逃げて時間を稼ぐ方がまだ利口だってもんだ。

俺は右に曲がって既に誰もいない民家の中に逃げ込んで息を殺す。

そこら中で悲鳴が上がっていた。

さっきまでは俺たちが悲鳴を上げさせる側だった。それがどうだ、今悲鳴を上げてるのは一人残らず俺たちの仲間だ。

抵抗する馬鹿を切り殺して、上玉見っけたら犯して。俺なんかさっきまでは女二人を殴って犯して、三人目を物色してる最中だったんだ。

「ひいっ！　やめてっ、やめ――――っ！」

また一人、どこかで仲間が意識を飛ばす。そう、意識を飛ばしている。殺されてるならまだいい。クソったれめ！　まだ誰も死んじゃいねえ、誰も殺されてねぇ。あまりの痛みに意識を飛ばされてるんだ！　クソっ、イカれてやがる！

俺は隠れた民家の窓から外の様子をうかがう。

あの女から四つん這いで逃げている仲間が見えた。

女は無造作にそいつに近づいて、剣を振り上げる。そして……、
両足首を切断した。

一際大きい悲鳴がこの村に木霊する。

足を切断された仲間は足をきつく縛られていた。

救命措置？　違う、そんなモンじゃない。失血死を防いで、逃げられないよう、一人一人手間をかけて処理してる……。化けモンが……っ！

だが俺に他人を気にしている余裕なんて無かった。

仲間たちはあと、何人くらい残っているというのか、間髪容れず聞こえる悲鳴の数は、優に両手両足の指を超えた。

もう誰も俺を助けるヤツなんていない。俺も誰も助けるつもりなど無い。無人の民家の木壁にもたれかかり必死に息を殺す。

ザッザッザッと足音が近づいてくる。走りも早歩きもしない、余裕の歩調。

だが俺にとっては死神の足音にしか聞こえなかった。一歩一歩、音が近づいてくるにつれ、心臓の鼓動が跳ね上がるのがわかる。

俺はこの破裂しそうな心臓の音がヤツに届いてしまう気がして、パニックを起こしかけたが、飛び出そうになる恐怖の悲鳴を、両手で口を塞いでなんとか堪える。

あの女が俺の隠れている民家の前を通る。奴と俺の間には今、木壁一枚があるだけだ。俺は息を止め目を瞑《つむ》った。

大丈夫だ！　絶対逃げ切れる！　俺だって元Bランクの冒険者じゃねえか！　なにビビってやがる！　自信を持て！

そうだ、今ここであの女をやり過ごすことが出来れば、村から逃げられる。風魔法でサポートして走ったら、この冗談みたいな悪夢から必ず逃げられる。

そしたらまた、残った連中をまとめてどこかの村でも襲えばいい。簡単な話だ。逃げることが出来れば全てが上手くいく。

いつか必ず後悔させてやる。あのクソアマめ！　あの綺麗な顔がグチャグチャになるぐらい殴ってから犯し――、

――ゾンッ！

壁から剣が生えていた。肉厚で血に塗れた漆黒の剣だ。

俺の左頬がバックリ裂け、血がダラダラ滴り落ちる。それに気付いてやっと痛みが追いついた。

「――っ！」

ズズズとゆっくり引き抜かれる剣。

「臭う、臭うなァ。虫ケラの臭いが」

空いた穴からあの女が覗き込んでいる気配がした。

「気のせいか……？　まあいい、同じことだ」

俺の潜入技術とか、気配を消す技術だとか、そんなのは何一つ関係なかった。

ただただ恐怖で動くことすらできなかっただけだ。

嫌だ、死にたくない……っ！

俺は凍りついたように身じろぎひとつせず、ただ恐怖が歩き去るのを待っていた。

ただただそうしていると、しばらくして遠ざかっていく女の足音。

ああ……、助かった……っ！

ただそれだけのことなのに、嬉しくて涙が流れそうになる。

だが、そんな余韻に浸るより今はこの場を離脱するのが先だ。

俺はあの女の足音が遠ざかるのを確認してから、足音を立てずにドアを開けて外に出る。

そして、この村の通りに向かって移動し、建物の陰から通りの様子を覗《うかが》った。

その辺には俺たちが殺した村人の軀《からだ》、そしてそれ以上の数の切断された足と、引《ひ》き摺《ず》られどこかに連れて行かれた痕跡。

それを見てもなお助けようとは思わなかった。とにかく逃げなくてはならなかった。

建物の陰から、通りに女がいないことを確認し、一歩踏み出そうとした時、

「どこに、行くつもりだ……？」

生暖かい吐息と共に耳元で声がした。

全身が総毛立つ。毛穴という毛穴から汗が噴き出した。

「ひぃぃぃぃっ！」

俺自身聞いたことのないような声が、俺の口から洩れる。

俺はつんのめる様に走って逃げ出した。なりふりなんてかまっていられない。

途中で振り返ると、女が悠然と歩いてくるのが見える。俺はそれを見て歓喜に震えた。

やった！　調子こいて歩いてやがる！　ざまあ見やがれ！　俺は助かったんだ！

俺は魔走士だ。斥候職として、逃げ足には自信があった。これだけ離れれば追いつかれることはない！

俺は走る。もうすぐ村を抜けられる、森に逃げ込める。俺は安堵の笑みを浮かべ――――、

――ドンっ

見えない壁にぶつかり尻もちをついた。

な、何が起きた！

もう一回突撃するも、またもや何かに弾かれ向こう側には行けない。

「な、何だこれはっ！」

「結界だよ」

ゆらりと近づいて来た女が口を開く。

「逃げられないよ、逃げられないようにしたんだ。貴様ら虫が外に出られないようにな……」

「なっ！」

もうここまで来たら対峙するしかない。俺は剣を抜き放ち女と向き合った。そして気付く。

黒曜石のような艶光る漆黒の髪、血のように紅い眼、彼女の背から立ち上る漆黒の魔力。

「ま、まさか……闇姫……っ！」

聞いたことがある。Sランカーである闇姫は3種類の魔法しか使えないと。

夜魔族という、桁外れな魔力を保有する古代種であるにもかかわらず魔力を扱う才が無く、膨大な魔力をただひたすら身体能力強化に使うのだという。古の技である魔力筋構成にまで達したその技の結果として、光背《ハロウ》のようにも見える黒い光。この限りなく闇に近い黒光を纏い、全力時には、闇に紅い眼だけが浮いているように見えるというのだ。そうやって戦う彼女を見た者からつけられた二つ名、それが【闇姫】だ。

ブッ飛んだところはあるものの、Sランカーにもかかわらず人格的に優れているとの評判が高い、迫撃のスペシャリストだったはずだ。

「な、なんで…… 闇姫っ！ 俺たちはお前に何もしちゃいねぇだろっ！ 俺たちが何をした！」

俯き、幽鬼のようにフラフラと近づいてくる闇姫。

「したさ、貴様らは私から大事なものを奪った。貴様らが殺した分だけ、私が生まれる。この村でもきっと私が生まれるだろう」

「生まれる、だと……？ 何言ってやがる！」

「虫が理解する必要はない。私は貴様ら略奪者の理屈を踏襲して、貴様らから奪う。蹂躙《じゅうりん》する」

闇姫の口が三日月形にパックリと裂ける。凄絶な笑みだった。

正気じゃねえ。誰だSランカー随一の人格者だとか言った奴は！

見やがれ！ 目の前のクソ女を見てみろ！ 俺はこんな悪魔みたいに醜悪な笑みを浮かべる女なんざ見たことねぇぞ!! クソッ！ 完全に目がイってるじゃねえか！

「……緊縛《バインド》」

両ふくらはぎに強烈な圧迫感が走る。

お、おい、まさか……。

足元から視線を戻すと、十数歩の距離にいた闇姫が消え――、

「……恐怖しろ」

生臭い歓喜の吐息をうなじに吹きかけられた。

——ォンッ

両足にくすぐったいような感覚を覚えると、トンっと背中を押される。俺は体を支えるため、足を一歩前に出——、

「アヴァァアアアアアァアァァァっ！」

足が！　俺の足がっ！

ふ、ふざけんな、痛ぇ、舐めやがって！　ふざけんじゃねぇ！　ブっ殺してやる！

「お、俺たちにこんなことしてただで済むと思ってんのか、このクソアマぁっ!!」

「済むよ。なぜならば貴様らは全員、今日この日に死ぬからだ。言っただろう？　一匹たりとも逃がすつもりはない」

「ふ、ふざけんじゃねぇ！　俺たちを誰だと思ってやがる！　バルガス盗——」

「虫だ、虫だよ、喋る虫だ。虫の分際で無辜《むこ》の人々から当然のように奪い、殺す、害虫だ。厠にたかる羽虫より生きる価値の無いクソ虫だ。だから私がやっていることはただの害虫駆除だ。あまり囀《さえず》るな」

闇姫は絶句する俺の髪を鷲掴みにすると、そのまま村の広場の方へとズルズル引き摺って行った。思いつく限りの罵詈雑言を闇姫に浴びせ、無事な両手を使って散々暴れるがビクともしない。そうやって連れていかれた先、村の広場。そこには……、

「いでぇ、いでぇよ～……」

「うぅ、ぐうぅぅ……っ」

「だ、助げ、助げぇ………」

「コロっ、殺じでやる、絶対に殺じでやるぅ……っ」

――積まれた仲間がいた。

ちょっとした家ぐらいの大きさにまで達した肉の塊は、無造作に積まれ折り重なり呻き声をあげる仲間達だった。

一人の例外なく両足首を切断され、ふくらはぎを縛られている。目を血走らせながら塊から這い出ようと試みる者も中にはいるが、失血で意識が朦朧《もうろう》としているのか、それとも身動きが取れないよう痛めつけられているのか、ことごとくその試みは失敗していた。

「くたばれ盗賊がっ！」

「孫を……返せ……っ！」

「死ねっ！　死ねっ！　死んで詫びろっ！」

罵声を聞いて初めて気付く。領主館に立てこもっていたはずの村人共が、ぐるりと広場を取り囲むように立っていた。

目の前に積み上がる非現実的な肉塊。その異常な光景に何の違和感も無く溶け込んでいる村人共。

その眼に浮かぶのはドス黒い愉悦だ。

充満する濃密な狂気に支配されて唾を飛ばし、醜く歪んだ笑みを浮かべるその姿は冗談にしても笑えない。

俺はカチカチと歯を鳴らしながら吐き気を催すような熱気に圧倒されていた。

なんだこれは。

まるで祭りだ。

そう、それはまるで、焚き火を囲って手を取り合い、今から宴の絶頂を迎えるような……。

髪を摑まれたまま呆然と広間を見上げる俺に、闇姫が静かに告げる。

「さァ、貴様が最後の一匹だ。残り36匹全てがここにいるぞ」

「や、やめっ――」

――ブチブチブチブチィ

髪を掴まれたまま、ブンっと肉塊の頂へと放り投げられる。

髪が抜け、千切れ、頭皮がベロンと捲《めく》りあがるのを感じた。

あまりの激痛に悲鳴を忘れる。

「た、助けて！　何でもやる！　何でもやるから助けてくれっ！」

「そうやって命乞いをされて見逃したことが貴様らにはあるのか？」

「あ、あるっ！　俺はあるぞ！　俺は――」

「そうか、だが私は見逃さない」

身も蓋もない答えに広がる絶望。

すると闇姫は、村人からタライのようなものを受け取り、おもむろに俺たちにかけ始めた。

これは……っ、この匂いは！

「油だよ、油をかけているんだ」

闇姫が紅目に狂気を灯しながら言った。

「私はな、貴様ら略奪者に知って欲しいんだよ。奪われる者の痛み、恐怖、屈辱、絶望、憎悪。全て余すところなく知って欲しいんだ。その上で死んでくれ」

「お、おい！　冗談だろ！　冗談なんだろ！　おい何とか言え、クソ女が！」

「今から貴様らに火をつける。ゴミは燃やすものと相場が決まっているからな。生きているゴミはなかなか燃えないんだ。衣服が燃え、肌が爛れ、肉が焦げても中々死ねない。そのうち下のゴミが燃える熱で燻《いぶ》されるようにして貴様らはじっくり死ぬ」

「ふ、ふざけんじゃ――」

「痛みに悲鳴をあげろ、憎悪に心を狂わせろ、恐怖に汚物を撒き散らせ、絶望に身を焦がせ、じきに喉が焼け、呻き声すら上げられなくなる。せいぜい今のうちに泣き叫んでおいてくれ」

　村人が闇姫に火種を渡し、それを片手に闇姫が問う。

「何か言い残したいことがあれば聞くが？」

「地獄に落ちやがれ……っ！」

　あらん限りの黒い思いを一言に込めて吐き捨てる。

　すると闇姫は、先ほどの狂気などなかったかのように、見る者全てを魅了するような優しい笑みを浮かべて言った。

「どういたしまして」

　火種が弧を描き、俺たちに向けて飛んできた。俺は永遠とも思えるほど引き伸ばされた時間の中、昏《くら》く哂《わら》う村人たちを背景に、その軌道をはっきりと目で追っていた。

　ボウっという音、立ち上る煙。噴き上がる熱気。沸き上がる歓声。

そして、肉の焼ける匂い。

「あああああぁあぁぁぁあぁっぁぁあ～～っ!!」

＊　　＊

「ふんふふ～ん♪」

大通り。70万ギル入りの袋片手に、上機嫌でスキップなどしてしまっている俺。

大家のババアに「今お金をとってくるから待ってて下さい」と声をかけ、今は金を回収した帰り道。そんな俺に頭の上から声が投げられる。

「あるじー　それ！　それノリもしたいー！」

「それ、って何のこと？　スキップのこと？」

「ふんふふ～ん　ってしてるのー！」

おお、我が姫がスキップに興味をもたれたらしい。姫を守る騎士としては、これは全力で教えてあげなくてはなるまいっ！

俺はノリちゃんを頭の上から下ろすと、見ててごらんと言ってスキップをする。

ノリちゃんは、えいっえいっと一生懸命真似しようとするが、なかなかうまくできない。体の構造上の問題なのだろうか。

「あるじー　ノリなー　なんかなー　ノリできんかも……」

ちょっとだけしょんぼりしているノリちゃん。

ああっ！　これはいけない！　いけないよっ！

ノリ姫様がその御顔に憂いを浮かべ俯いていらっしゃる！

俺はすぐさま膝をつくと手を差し出す。

「姫様、御手を」

ノリちゃんが俯いたまま、ちょこんと右手を俺の手に重ねる。

「いいかい、ノリちゃん、あるじがタイミングを教えるから一緒にやってみよう」

「ノリ頑張る！」

俺は右、右、左、左とタイミングを教えながら、俺を中心にノリちゃんをぐるぐる回らせる。

次第に明るくなっていくノリちゃんの顔。キャッキャキャキャッキャとはしゃぐその様は掛け値なしに天使そのものだ。

「あるじー　ノリできたー！　あるじみててー！」

てんててん、てんててんと俺の手を離れスキップするノリちゃん（輝）。

同じ方の手と足が前に出るので、傍から見ると右に左にえっちらおっちら、なんか危なかしい。

それでも俺から離れ一人で一生懸命スキップする。

——独り立ち。


将来避けて通れないだろう言葉が頭をよぎり、軽くヘコんだ。

一人で歩く、一人でスキップする。

次は一人で走るだろうし、最終的には一人で生きられるようになっていくのだ。

そこに行くまでにはまだまだ時間はかかるだろうが、こうして少しずつ出来ることが増えていくノリちゃんを見て、嬉しくもあり寂しくもある。

まったく……。

俺は苦笑する。これでは手を取って導いてもらってるのは、どちらだかわからない。

飽きることなくスキップもどきを続けるノリちゃんをひょいと抱え上げ頭に乗せる。

「ノリなー　すきっぷのうたかんがえたー！」

すきぃっぷすきぃっぷた～のしいな～と歌うノリちゃんは、今この瞬間、誰よりも輝いていた。

アリアも騒ぎに参加する。

『ノリ、その歌はいいな！　我にも教えよ！』

「いーおー♪」

一桁違うアラフォー女子《アリア》と、生まれて2年のチビ天使の無邪気な合唱に、笑みを深めながら前を向く。

さて、俺は俺がやるべきことをやらねば。

手元にはブラックウインドからブン捕った70万ギルがある。

それを大家のババアに突き付け、渾身のドヤ顔をキメてやらねば始まるモノも始まらない。

「さあ、ノリちゃん、そろそろ帰ろう！」

「はーい♪」


こうして俺の初借金、そして初借金返済計画は幕を閉じる。

その結果、新たな仲間が出来たり、俺たちを探る連中が現れることになるのだがそれはまた今度のお話。

ババアは俺のドヤ顔にイラつきながらも、きちんと手続きをしてくれたし、ノリちゃんも堂々と住めるようになった。

まだ誰にも言っていないが、俺の次の目標は「引っ越し」だ。

もちろん、あの妖怪ババアから逃げたいというのもあるが、８畳程度の一間では、ノリちゃんとの今後の事を考えると中々厳しいものがあるのだ。

その為にはもちろんお金も入り用で、俺は少しだけ依頼と移動の範囲を広げることになる。

まあ、その辺のことは追々語っていくよ。

確かに儘ならない異世界の生活。

異世界最強は大家さんでした

初回版
限定封入
購入者特典

ノリちゃんの日記

著・ゆうたろう
イラスト・okama

EARTH STAR NOVEL

★　あおほしのひ　★

きょーは、あるじと、やくそーをとりにいきました。

ノリは、やくそうの、においをおぼえたので、いっぱいやくそーをみつけました。

あるじは「ノリちゃんはすごいね!」ってゆいました。

ノリは、うれしかったので、がおーってしました。

そしたら、あるじがノリを、ぎゅーってしました。

んふんふー　きゅあー　ぺぱぺぱにーー!

そんでなー　とーぞくさんがなー　きました!　とーぞくはなー　わるいひとたちでなー　「ノリちゃんはまねしちゃだめ!」ってあるじがゆいました。

ノリはよいこなのでまねしません!　ぬっころすは「めっ」でした。

ノリはよいこなので「せいあつ」をがんばるよていです。

あるじがプンプンになったので、ノリが「めっ」ってしました。

あるじは「はんせーした」ってゆいました。

ノリは「はんせー」が、わからないでしたので、ありあにききました。

ありあは「むしゃくしゃしてやった。今は反省してる」ってゆいました。

あるじはむしゃむしゃしてました。

「とーぞくはむ」ができなくて、あるじは、かなしいでした。

でも、ノリは、あるじがいるので、うれしいでした!

@　あかほしのひ　@

きょーは、あるじがノリに、「めっ」ってしました。

ノリは、とても、かなしいでした。

でも、あるじは、ノリをギューってして、「あいしてる」ってゆいました。

あいしてるがなー、ノリわかりません。ときどき、あるじがゆいます。

だけど、いつも、あるじがゆうときは、やさしいかおを、しています。

「ありあー　あいしてるってなにー？」

ノリはききました。

「愛！　愛じゃと！　それはな、ノリ！　相手の体を求めることじゃっ！」

ありあはゆいました。

「からだを、もとめる？」

そういえば、あるじがゆうときは、かならず、ノリをぎゅってします。

ノリは、もとめられていたのです！

「あんなー　からだをもとめられたらなー　どうなるのー？」

「それはな、ノリ。よいか？　男女がそうなってしまったらな、もう「婚約」じゃ！　婚約するしかないのじゃ……っ！　そしてめくるめく情欲の虜へと――」

ノリはびっくりしました。

「こんやく」だわ！　ノリはあるじと「こんやく」だったのです！

こんやくしたら、およめさんになるので、ノリはあるじの、およめさんになるのです！

あるじー　あいしてるー？

愛してるよ、ノリちゃん！

あるじはノリとこんやくするー？

もちろんさ、ノリちゃんっ！

むきゅーー!!　ぺぱー！　ぺぱぺぱにー！


俺は寝ているノリちゃんの脇に置かれた紙束を片手に震えていた。

「て、天才だ……」

なんという美しい文面だろうか。確かにノリちゃんは難しい言葉や言い回しなど、まだまだ知らない。語彙や表現だけを考えると、文の体を成していない単純な日記に思えるかもしれない。

だが、どうだろう。ストレートに書き記された文字は躍動感に溢れ、そこから伝わるピュアな感情は、朝露に濡れる草葉のように瑞々しく輝いていた。

俺は思う。やはりノリちゃんは天才だったのだ。そして俺は婚約していたのだ。

彼女の家族として、誇らしいこの気持ちをどう表現しようか散々悩んだものの、非凡なる俺には目の前の天才を模倣するしか道は無いのだと悟る。だから俺は将来の文豪の表現を踏襲したのだ。

「ぺぱぺぱにー……っ!!」

『汝《なれ》……、超キモい……』

あ、忘れてたけど、お前後で殺すから。

いろんなことに右往左往して、三歩歩いては二歩下がる毎日。

未だ大家に勝てる気はしないし、借金が無くなっただけで生活状況が向上したわけではない。

だけど毎日一歩は進むんだ。

だから俺は、その三歩に喜び、二歩にグチをこぼそうと思う。

これは――、

そんなどこにもあるようでどこにもない、
俺たちだけのどうしようもない物語。

白星の日

借金を返済して2週間が経とうとしている。

突然降って湧いた借金だったけれども、返済が終わったという爽快感は何とも言えないもので、冷静に考えると別に益があったわけでも無いのに、このところ気分がいい。

チートを持とうが弱者は弱者。どこまで行っても俺が小市民であることに変わりは無いのだと、少しだけ微妙な気分になった。

とにかく、大事な白星の日に借金を持ちこさなかったという事だけは、何を置いても良い事だったと、自然と浮かぶ笑みを隠せない。

「ふんふふーん♪　ふんふふーん♪」

横に目を向けると、嬉しそうに最近覚えたばかりのスキップをするノリちゃん。

俺達は今、手を繋いで緑地公園に向かっていた。

「ノリちゃんご機嫌だね！　何か良い事あったの!?」

緑地公園への道すがら、ずっと嬉しそうにしているので気になって聞いてみる。

「あんなー　あるじとなー　こーえんたのしみでなー」

嬉しそうに俺を見上げるノリちゃん。俺は頬擦りを堪《こら》えるのに必死だ。

いつもなら白星の日は昼過ぎまで別行動で、ノリちゃんは街外れの霊泉に水浴びに行き、俺は剣を教えるため、緑地公園に行くのが通常だった。

本当はいつだって彼女と一緒にいたいのだが、ノリちゃんの水浴びはおそらく種族的、本能的行動である事、そして何より彼女の水浴びする光景が荘厳過ぎて、人族である俺が畏怖を覚えるという、こちらはこちらで本能的な理由により、断腸の思いで別行動をしているのだ。

だが今日は何を思ったのか、ノリちゃんが一緒に公園に行くと言い出したので、俺のテンションも上がりっぱなしだ。

「あるじー　あんなー　きょうのよていはなんですか!?」

「今日はね～　今日の予定はね～」

最近ノリちゃんは『よてい』という言葉にハマっている。事あるごとに俺に予定を聞いてくるのだ。

何がツボで気に入るのか全く分からないが、大人にはわからない小さい子特有の世界観がそこにはあるのだと思う。

「今日は公園でドットに剣を教える予定だよ」

「ふんふん。あんなー　それではきょうのごはんのよていはなんですか!?」

異世界における井川家には、何人たりとも邪魔する事の許されぬ鋼鉄の掟がある。もしその決まりを曲げようとする者がいたならば、それがたとえ神であろうとも容赦するつもりなどない。

そして『邪魔する奴は指先一つで』などという出し惜しみを、俺はしない。

全身全霊の禁呪でもって、自分が何に粗相をしてしまったのか、後悔する暇もなく撃滅することにしている。

そう、白星の日の井川家のメニューは1万年と2千年前から決まっているのだ。

「今日はノリちゃんの大好きなシチューだよっ！」

「シチューのよてぃーっ!!」

ノリちゃんが満面の笑みでバンザイして、尻尾をピコピコーっと左右に振る。

俺は自身の顔の筋肉が弛緩しきっているのを感じていた。

「ノリなー　ノリはうれしいよていですっ！」

あるじは今この瞬間も嬉しいけど大丈夫かな？

そんなこんなで、最近覚えたての『すきっぷのうた』のメロディーに『しちゅーのうた』の歌詞を乗せて歌うノリちゃんの手を引きながら目的地へを向かった。

公園に入りしばらくすると、向こうから見知った人が歩いてくる。

「おお、久しいのうイサオさん」

「あ、メルトさんお久しぶりです」

現れたのはメルトさんだった。

公園在住のこのおじいさんは、パッと見、着ているモノがボロだったり、手に持っている物がそこらに落ちているゴミだったりするのだが、なぜか気品漂う佇まいをしている。

伸び放題の髭も日に焼けた肌もきちんと手入れをしているのか、どこか小綺麗だし匂いもせず、清潔感すら感じる不思議な魅力のある人だ。

そして何より、この街で少なくない浮浪者を取りまとめる実力者という顔も持っている。腕力でも財力でも無く人を率いる事の出来る『力』を彼は持っているのだ。

「ノリはイガワノリです！　2さいです！」

教えた通り、きちんと地面に降りてペコリと頭を下げるノリちゃん。

そう言えば彼女がメルトさんと面と向かって話すのは初めてだ。

「おお！　これはこれはめんこいチビちゃんじゃのう！　きちんと挨拶の出来るお利口さんじゃ！」

頭を撫でられて、嬉しそうに鳴くノリちゃんに目を細めていると、メルトさんが公園の奥の方を指差した。

「わんぱく坊主はもう2時間も前から訓練を始めてますぞい。感心なことですな。早く行っておやりなさい」

「え、アイツそんなに早く来てやってたんですか!?　なんかご心配おかけしてすみません」

「いやいや、これくらいで謝る事なんて無いですぞ。それにあなたは私達の恩人。今度時間がある時にでも私達のところにも寄って下され。何もありませんが歓迎しますぞい」

「ありがとうございます。今度ノリちゃんと一緒に遊びに行きますね」

実は、この広い公園内、衛兵もいないのに秩序と治安が保たれているのは、この声無き善人たちのおかげだ。

国の方でもそれを知っていて、無闇に彼らが追い出されるようなことは無いのだが、以前、浮浪者が不届き者を追い払った事をきっかけにゴロツキ共による『浮浪者狩り』が行われた時、俺がそいつらをシバキ倒して解決したことをメルトさんたちは今でも恩義に感じているらしい。

俺とノリちゃんは、笑顔で手を振るメルトさんを振り返りながら、いつもの広場に向かう。

目的の人物はすぐに見つかった。

「フッ――　フッ――っ！」

広場の真ん中で一生懸命素振りをする少年に声を掛けようとして少しだけ躊躇う。

あまりにも真剣な眼差しで汗を飛び散らせるその姿に、侵し難い何かを感じたからだ。

「ふぅ……」

しばらくそうしていると少年の方も1サイクルが終わったのか、肩で息をしながら木刀を下ろす。

放っておくとまた始めそうな雰囲気なので声を掛ける事にした。

「あんまり頑張りすぎるとよくないぞドット。お前はまだ成長期なんだから」

「あ、師匠！　おはようございます！　今日はノリもいるのか、ノリもおはよう！」

「おはよーございます！」

キラキラした目で駆け寄ってくる少年の名はドット。

歳は本人曰く12歳。金髪を短く刈り込み、不敵な面構えを崩さない彼は、わんぱく坊主を絵に描いた様な男の子だった。

以前、冒険者を夢見る彼が、無茶して《魔境》で死にかけていたのを俺が助け、すったもんだした挙句に今の関係に落ち着いたのだ。

どこまでも真っ直ぐで馬鹿な彼が眩しく見えてしまう俺は、やはり歳をとったのだろうか。

俺はそんな、母ちゃんあたりに言ったらブッ飛ばされそうな事を考えて苦笑した。たかが二十歳《はたち》超えたくらいでトシも何もない。

「師匠！　早速相手してください！」

「お前少し休んだら？」

「いや、いいっス！　なんか今日調子いいんですよ！」

「わかったわかった。ノリちゃんここで日向ぼっこしててね？　それじゃ……いくぞ……っ」

俺は前置き無く腰に差していた木刀を抜きながらドットに接近して斬りかかる。

「え、ちょ！　待っ――」

何とか突然の剣戟を躱《かわ》したドットに、意地悪い笑みを浮かべながら俺は二撃三撃と加えていく。

もちろんスピード、力、全てを手加減したものだ。

「戦闘に『構え』なんて無いぞ、ドット」

丸腰だろうが寝ていようが関係など無い。

食事中ならば武器はフォークだし、ケツ拭いてる瞬間にでも敵と遭遇したらズボンが足にかかったまま戦闘だ。敵が待ってくれるなんて夢は寝てる時に見ればいいし、この世界はゲームでも何でもない。

5合目でドットの木刀を跳ね飛ばしてそのまま首に木刀を突き付ける。

「ま、参りました……、で、でもっ！」

「でもクソも無い。これが戦闘だドット。お前は今、隙を突かれて『死んだ』んだ」

口を尖らせるドットを見てると、ちょっとやりすぎたかなとは思うが、間違った事は言っていない。

俺の性格がひん曲がってる訳でも何でもなく、非常にシンプルな真理を口にしたに過ぎない。勝てば守れる、負ければ失う。失いたくなければこの世界では勝つしかない。

「も、もう一本っ！」

その瞬間攻撃に移ろうかとも思ったが、さすがに可哀想なので、今度は飛ばされた木刀を拾うまで待ってやった。

カンッカンッと木刀が合わさる音が広場に響く。

「真っ直ぐすぎるぞドット。体格も力も負けているんだ。少しは考えろ！」

俺の指導に『型』なんて大層なものは無い。そもそも我流だし、生き抜くために剣を振ってきた。使えるものは使うし、何でも利用するのが俺の戦闘だ。

「考えるったって……っ！」

「例えば……、こうだ……っ！」

「——っ!!」

俺は丁度剝き出しになっていた土をつま先で蹴ってドットの顔にお見舞いする。目つぶしだ。

混乱したドットの後ろに苦も無く回ると、手刀で首をちょんと叩く。

体格も技術も経験も実力も、まるで違うガキ相手に何を大人げない事をと言われるかも知れないし、正直俺も思うが、それでも今、ドットは学んだはずだ。

「もう一本っ！」

そうして剣の稽古はドットが疲れて立てなくなるまで続けられる。

最後の一本を終えて大の字に寝っころがるドットを見下ろし、俺は声を掛けた。

「最後のは良かったぞドット。大分わかってきたじゃないか」

荒い呼吸を繰り返すだけで返事が出来ないドット。

「いいアイディアだった。剣を囮に、本命はナイフ。対人で低い攻撃は滅多に無いから意表を突けるのも強みだ」

「でも……お、俺は剣で……」

「お前は子供だ。そもそも負けているんだから手持ちを総動員しなきゃ勝てないぞ。勝たなきゃいけない時、負けて失うのはお前なんだ。それを忘れちゃダメだ」

悔しげに顔を背けるドットの隣に腰かけた。

そして、こういう時はこうしたほうがいいとか、さっきのあの攻撃はよくないとか、座学的な事を小一時間。

そうしていると、突然、俺の服がちょいちょいっと引かれる。

振り返ると、さっきまでお昼寝をしていたノリちゃんが、期待に目をキラキラさせながら俺を見上げていた。

「の、ノリちゃんそんなにキラキラしちゃってどうしたの？　もちろんいつもキラキラしてるけどっ！」

「あんなー　ノリなー　ノリもやりたいです！」

「え？」

突然の申し出に固まる俺。

「の、ノリちゃん、剣はね、ちょっと痛かったりするよ？　怪我しちゃうかもしれない。あるじそんなの耐えられないな～？」

彼女に人を傷付ける様な事を教えたくないという気持ちもあるが、優しさだけでは生きていけない厳しい現実を俺達は生きている。慈愛と博愛だけでは命がいくつあっても足りはしない。だから戦闘を教えること自体にそれほど抵抗は無かった。

だがノリちゃんは神竜で、特性的にも迫撃をこなす必要なんて無い。

それ以前に彼女を傷付けようとする敵は俺が一族郎党皆殺しにするるし、生まれてきたことを後悔するほどの苦痛で以てその罪を贖《あがな》わせるし、もしものことが有り得る迫撃なんて以ての外だ。

それに彼女が変に剣に興味を持ってしまって、万が一そのスベスベお肌に傷一つつこうものなら、俺は発狂してしまうだろう。

そう思い、心を鬼にしてノリちゃんを諭そうとした時、あろうことか彼女は顔に憂いを浮かべて仰ったのだ。

「あんなー　ノリなー　このまえ『せいあつ』できんくてなー　がんばらんといかんねん……」

なんて事だ。

俺は天を仰いだ。

彼女はこの前、盗賊相手に上手く力を制御できなかった事に本当は落ち込んでいたのだ。

「だからなー　きょうはこーえんにきたの……」

「の、ノリちゃん……」

あれからも気丈に明るく振る舞っていたノリちゃん。なんて健気で良い子なのだろうか。彼女が心のどこかに棘《とげ》が刺さったまま一生懸命生活していたというのに、俺はそんな思いに気付くことすら出来なかった。

日本にいた頃も『なんであの子がこんなことを……』と、コメントせずにはいられない痛ましい事件が起こっていた。普段から子供が発する無言のSOSに気付いてやれなかった親御さんや周りの人たちの悲痛な想い。

そうして膨らんだ心の闇が具現化してしまったそれらの事件を、俺はどこか他人事のように眺める事しかしてこなかった。そうなる前に何とかしてやれよとすら思っていた。

それがどうだ。蓋を開けてみれば今こうして目の前で俯く彼女は、俺が目を逸らしてきた事件そのものではないのか。事件が起きていないとはいえ、彼女のSOSに気付かずのほほんとしていたのは他でもない俺ではないのか。

「ノリちゃん、ごめんね……。あるじが気付いてあげられなくて……」

俺は目元を拭うと、うりゅ？　と首を傾げる彼女を抱き上げ頬擦りする。そしてドットから木のナイフを受け取るとノリちゃんにしっかり握らせた。

「わかったよ。ノリちゃんやってみよう。あるじが教えるからそれを振ってみて？」

「ノリわかったー！」

キュピーン！　と音がしそうなほど目元をキリっとさせたノリちゃんが地面に降りてナイフを振る。

「えいっ　えいっ！」

目をバッテンにしながらプイプイと一生懸命ナイフを振るノリちゃん。

それに対応するかのように尻尾がピコピコ揺れて超絶可愛かった。

「いいよっ！　ノリちゃんいいよっ！　すんごく可愛いよっ！」

「えいっ　えーいっ！」

「師匠……。俺、なんか切なくなってきた……」

もちろん高速で『ノリちゃんのあゆみ』の充実を図る事を忘れなかった。高速保存余裕過ぎでどうしようもない。

そうしてしばらくするとノリちゃんも満足したのか、キラキラ笑顔できゅいきゅい鳴いた。

「ノリも『せいあつ』できるかな？」

「出来るさ！　きっと出来るよノリちゃんっ！」

気付くと日も傾き始めていた。今日はノリちゃんが来ない予定だったので、そもそもお昼ご飯も用意して無かったのだが、それでもご飯を忘れる位、訓練に熱中していた事に少しだけ驚いた。

そろそろ時間だなと最後にドットと少しだけ組み手をして、今後の課題について話し合う。そして終わりにしようかと身支度を始めた時、ふといつもと違う違和感を思い出して聞いてみる。

「ドット、そう言えばさ、いつも来るあのフワフワした女の子、今日は来ないのな？」

いつもならドットと剣の訓練をしていると、豪華なドレスを着た女の子がメイドを伴って「あら、偶然ねドット」とか言いながら登場するのだ。

偶然の割には毎週必ず来るし、木立の奥からじっとドットを見守っている姿を俺は知っているので「はいはい若いっていいね〜、いいね若いって」と毒づいているのだが、当の本人たちは気付いていない。

「え？　あいつ？　そういえば最近喧嘩してから見てないかも。まあそんなに偶然は続かないって事ッスね！」

え、お前、本当に偶然だと思ってんの？

雨の日も風の日もバッチリキメてくるあのカワイコちゃんが、何の思惑も無く来てると本気で思ってんの？

とぼけているとしたら演技派過ぎるドットの横顔を見ながらため息をついた。

「お、お前さあ……。ニブいって言われたりしない？」

「ええ？　言われた事無いッスよ？」

ばくはつしろリア充め。

ハーレム系主人公は現実では許されねーんだよ。

「はあ……、俺も彼女欲しいなあ……」

「俺も欲しいッス！」

「おめーは黙ってろ」

まあいい。いつか痛い目みたらいいさ。

口にはしてみたものの、本気で今彼女が欲しいとは思っていないのも事実だったりする。甲斐性の無い俺には、ノリちゃんだけで手いっぱいで彼女を作る余裕なんて無い。

それに彼女とイチャコラするより、今から帰って美味しいシチューを作る方がよほど重要だし、それを美味しそうに食べるノリちゃんの笑顔を想像しただけで、心の底から満ち足りてしまうのだ。

キョトンとするドットに、じゃあなと手を振って公園を後にする。

家路に向かう道すがら、嬉しそうに俺を見上げるノリちゃんを見ながら、俺は今、幸せなんだなあと、唐突に思った。

第二章　クルルちゃんの大冒険

◆1◆

最近よく絡まれるようになった。

絡まれるといっても、チンピラに絡まれて辟易《へきえき》とするとかそういう類《たぐい》のものではない。

「イサオちゃん！　最近どーよ？　オレ最近マジ調子悪くて、っつーかヤバいマジヤバい系。どれくらいヤバいかっつーと、ぶっちゃけマジ超ヤバい」

この異世界に「偏差値」という概念を導入したくなるほど、頭の悪い喋り方をする男だったり。

「イサオ、最近はどうしてるんだ？　なんだ、その、今度パーティーを組んで遠征しないか？　なんならいつもの薬草採取だっていい。ノリちゃん可愛いな」

なんてことを言う絶世の美女だったり。

今まで、ギルドに行っても話しかけられることなんて皆無だっただけに、この変化は嬉しい反面、対応に困る。

チャラ男は、その頭の悪さからは想像できないほどギルドからの信頼が厚く、なぜだかAランク目前の斥候職だし、この街をしばらく根城にすると宣言した闇姫さんに至っては言及する必要すらない。

周りの反応もあって、静かに生きたい俺にとっては悩みの種だ。

「お、おい、あいつB+ランクに声かけられてるぜ！」とか「俺たちの闇姫様にお声をかけていただきやがって！」とかいう、訳のわからない羨望や嫉妬で悪目立ちしていた。

俺は、今日は居ないでくれよ、と願いながらギルドの扉を開ける。

昼前という中途半端な時間だが、冒険者はこのくらいの時間から動き出す者も少なくない。カウンターで依頼受諾申請をしている冒険者もチラホラ目についた。

俺の応対は、いつもマイラさんがやってくれる。

依頼の好みや志向を把握してくれているため、色々と楽なこともあって、俺もついマイラさんがいるカウンターを目で追ってしまうのだが、今日は忙しそうなのでギルド内を少しプラプラする。

ちなみにマイラさんは綺麗でおっぱいもおっきいので、彼女を口説く冒険者が後を絶たない。

いつも通り今日も口説かれてるっぽかった。

「マイラちゃん、今夜メシでもどう？　美味いボルガを食わせる店が――――」

「あっ、イサオさん！　こんにちわ！　今日も依頼探しですか？」

俺に気付き、会話をぶった斬って声をかけてくるマイラさん。嬉しいけど、誘いをかわされた冒険者さんの視線がキツイのです。

「イサオさん！　いつも通り依頼を見繕ってありますよ！　私のところに来てくださいね！」

文字だけ見れば、男の子特有の「あの子俺の事好きなんじゃね？」的思考に陥ってしまいそうだが、客観的に考えてうだつの上がらない木っ端冒険者の俺に、巨乳美人が惚れる要素などない。

愛想が良すぎるのも考え物なのだ。

「イサオさん、あの、その……、今夜とか空いてたりし――」

「あ！　イサオちゃんチョリーッス！　ノリさんチワッス！」

チャラ男登場。マイラさんが話を切られて、少しだけムッとした表情を見せる。相変わらず空気の読めないチャラ男だった。なによりキメポーズがウザ過ぎる。

しかし、我が家のアイドルはすかさず反応を見せた。

「ノリにも『ちょりーっす』がいいー！」

これはマズイ傾向ではなかろうか。

マイラさんが何か言いかけたのも気になるが、それはひとまず置いておこう。

実は最近、懸念していることがある。

男にはちょっとだけ人見知りするノリちゃんが、チャラ男になつき始めているのだ。

やたら絡んでくるせいで俺がギルド内で変に注目されていることも迷惑なのだが、ヤツが毎度毎度ノリちゃんにも話しかけるおかげで、彼女の中でチャラ男は「あるじのおともだち」という認識になっているようなのだ。

ていうかそもそも、なぜ俺が「ちゃん」付けでノリちゃんが「さん」付けなのかが全くわからない。

「ノリさん今日もクリックリすね！　マジパネェッス！」

「ノリにも『ちょりーっす』してー」

「チョリーッスっ！」

キャッキャキャッキャッ

いつも通り、チャラ男のキメポーズに大喜びのノリちゃん。

こいつは俺のノリちゃんに何してくれとんのか。

まさかそれは無いと一笑に付しつつ捨てきれない可能性。俺の頭に一抹《いちまつ》の不安がよぎる。

もし、だ。

「もし」の話。いや、それは無い事はわかってるんだ。そんなことは絶対に無いさ、何言ってるんだろうな俺は、ははは！

だが……、もし……、もしもだ……っ!!

ヤツがノリちゃんを狙ってる（女として）としたら……？

こんなに可愛いノリちゃんだ。種族も年齢も超えて彼女を欲するオスがいたって何らおかしくない。現に最近ノリちゃんの情報を収集しようとする、お炉利《ロリ》る変態の噂がチラホラ聞こえてくるのだ。

俺は少しだけノリちゃんとチャラ男がつつつつつっつつっつつつつつつ付き合ったここ事を想像してみる。


「あるじー　ノリなー　かれしつれてきたー」

「お義父さ〜ん、ガチオレたちジャムってる系で、ノリはオレのことマジパなく必要っていうかー？　お互いイロイロ埋め合ってるジョーキョーっつーかそういう感じでぶっちゃけ親戚付き合いとかマジダリーんで、こんくらいでカンベンしてほしいワケなんっスよ〜」

クッチャクッチャクッチャ（ガムを噛む音）

俺は深く息を吸うと、軽く微笑《ほほえ》んだ。

コロス。

指先一つでダウンする相手を、百発殴るマユゲが引くくらいの圧倒的オーバーキルで殺す。

確かにチャラ男はまだ何もしていない。

だが、ノリちゃんの魅力に参らないオスなど存在するわけがないし、参らないなら参らないで不敬にあたるので、どちらにしても死ぬしかない。

この考え方だと世の中の男全員殺した方がよさそうだが、さすがにやり過ぎかもしれないので自重しよう。

だがダメだ。コイツはダメだ。

「まずは洗い立てのチャラ男をラーメ〇マンがブロッケ〇マンにしたようにキャメルクラッチで何度か折り畳んでから良質の粘土を配合してしっかりと混ぜ合わせ男根の形に成型し窯《かま》で焼き上げてから神域におっ立ててしめ縄をした上で『金精様』と張り紙をして義理父呼ばわりしたチャラ男を息子マイセルフ超ウケるんですけどｗｗとひとしきり大爆笑してから（おお偉大なる神よ）（禁呪指定）で殺す。そうだ、そうだ、そうしよう……」

俺は早速チャラ男にキャメルクラッチをキメるため、にこやかに挨拶しながらヤツに近づいた。

「イサオ、今日は何をするんだ？　私も付き合うぞ」

今日も闇姫様がやってくる。

ちょっと待ってくれ闇姫様。俺は今、一体の金精様を精造しようと――。

「そういえば、中等区でおいしい店を見つけたんだ。ノリちゃんと一緒に食べにいかないか？」

思わず足を止めて、チャラ男に迫っていた魔力肢を引っ込めた。

この世界に来て、俺は美味しい店のチェックは欠かしていない。ファンタジーだ何だ言っても、俺はグルメ大国日本で生まれ育った現代人だ。

美味しいものを食べることがそもそも好きな上に、娯楽の少ないこの世界で、美味しいものを食べることは数少ない娯楽の一つなのだ。

懐が暖かく普通に贅沢が出来るSランカーの舌を満足させる店なのだから、きっと美味しいに違いない。

ノリちゃんも美味しいものを食べたら天使のような笑顔で喜ぶので、ノリちゃんの成長記録『ノリちゃんのあゆみ』を充実させるためにも反対などする理由が無いし、ババアに返済して残ったお金があるのでタイミング的にも申し分ない。命拾いしたなチャラ男。

別にチャラ男はいつでも殺せるので、それはひとまず置いといて、俺はオルテナの話を進めることにした。

そんな雰囲気を察したのか、オルテナが言ってくる。

「今夜あたりどうだ？　私もちょうど暇な――」

「……オルテナさん、私が先にノリちゃんとイサオさんをお誘いしたんですけど」

まさかのマイラさん乱入。

カウンター前で立ち上がり、オルテナに敵意を向けるマイラさん。

「知らないな」などと真っ向から受けて立つ闇姫様。

えっ？　何この空気？

ていうかそもそもマイラさんに誘われた覚えがないんですけど。

良くも悪くも俺は正直だ。

「え？　俺、マイラさんに誘われてないけど……？」

それを聞いたマイラさんは、クリアグリーンの瞳から一切の光彩を消失させて言った。

「イサオ……さん……？」

びっくりするほどレイプ目だった。

もしかしてマイラさんって、そっち系の属性の方だったりするの……？

俺は視線でチャラ男に助けを求めたが、何故かヒップホップの「ＹＯ！」的なポーズを返されて物凄くイラっとした。

だから俺はキョトンとしてるノリちゃんに、情けなくも逃げを打つ。

「の、ノリちゃんはご飯どうしたいかなぁ……？」

「ノリはなー　あるじといっしょー」

ノリちゃん愛してるよ。でも今欲しかった答えはそうじゃないんだ。

『我は生肉を所望するぞ』

「頼むから黙っててくれ」

何か色々と詰んでるなーと思ったので、俺はとりあえずこの場から逃げ出しました。

◆2◆

「あるじー　ノリなー　ノリどうですか!?」

「ああ！　ノリちゃん！　ばっちりだよっ！」

ノリちゃんも今日はおめかしさんだ。

今、ノリちゃんは襟付きブルーのポワポワワンピを見事に着こなしている。

斜向かいのシエルさんが話を聞きつけ、娘のお下がりだからと用立ててくれたものだ。

超絶可愛かったので、俺は秒速16回を超える人外のスピードで脳内メモリにノリちゃんの晴れ姿を保存すると共に、例の魔法で魔導的にも保存した。世が世なら俺は「名人」として冒険島を探索していただろう。

「ノリおしゃれさん？」

「お姫様みたいだよっ！」

いつもはすっぽんぽんのノリちゃんが服を着ているのには理由がある。

あの後、ギルドから逃げた俺だったが、仕事を受けないとどうにもならないことに気付き、ギルド前で呆然と立ちすくんでいた。

するとそこにオルテナがやってきて、なんだかんだ一緒に食事をすることになったのだ。

仕事を受けるのと、オルテナと食事に行く旨、マイラさんに知らせるためカウンターに戻ると、

「おはようございますイサオ様。本日のご用件は何でしょうか?」

と、やけに余所余所《よそよそ》しいマイラさん。

一体どうしたのか聞こうとした時、薄く微笑むマイラさんが完全にレイプ目なことに気付き、色んなものがキュッと縮み上がった。

今思っても、あれはイケナイ目だ。延々とボートの映像を流す類の目だった。

そして周りの冒険者の目も、別の意味で怖かった。

ともかく、完全アウェーであることを察知した俺は、そそくさとギルドを出てオルテナと合流したのだが……。

「その店はドレスコードがあってな。いや、ドレスコードといっても――」

オルテナによると、ドレスコードといってもあくまで「魔除け」目的であって、例えば冒険者が血だらけの革鎧のままとか、職人たちが汗だくの作業着のままでの入店とかを断るためのもので、普段着であれば何も問題ないとの事だった。

そこで俺は考える。

――ノリちゃんは?

そのままオルテナに聞くと、それはそれで何かよくわからないルールがあって、人間以外でも服は着なくてはならないのだそうだ。要するに、店側としては服を着せても暴れないとか、最低限の秩序は守ってくれるという何らかのライン引きをしているのだろうと思った。

俺の家族であるノリちゃんを試されているようでイラっとしたが、考えてみるとノリちゃんはあくまで「特別」であって、「特別」お利口さんなのであって、「特別」可愛いのであって、「特別」気品があるのであって――。

その他「一般」のよくわからん連れを画一的に判別し、店内治安を維持するためには仕方のないルールなのかも知れなかった。

実はノリちゃんは普段あまり服を着たがらない。

可愛い女の子がすっぽんぽんなのはどうなのかと思った事もあるのだが、これは種族的な特性を尊重するところだと思って、無理やり服を着せるつもりはない。

だから今回は特別なのだ。

「今日行く美味しいお店は、服を着るのが決まりなんだよ」と言ったら、「ノリおしゃれするー」と割と乗り気だった。

そして冒頭へと戻るのだ。

シエルさんが何着か服をくれたので、今はノリちゃんのファッションショーの真っ最中だ。

普段は服を着たがらないと言っても、やっぱりノリちゃんは女の子。

いざ着るとなったら、うんとねーうんとねーと言いながら一生懸命選んでいる。

「うんとねー　ノリこれにします！」

最終的に選んだのは、ピュアブルーの襟付きワンピース。前をボタンで留めるタイプで、裾は白のフリフリになっている。そして何より、ワンポイントアクセントとして縫い付けられたワッペンは、「可能性」を意味するこの世界の記号で、何の偶然か平仮名の「の」の字に酷似していた。

天真爛漫《てんしんらんまん》、純真無垢。

サイズ的には少しだけ大きいが、澄み渡る大空の様に大きく綺麗な心を持つノリちゃんにはぴったりの服だ。

シエルさんは鳥の獣人さんなので、服はちょうど背開きになっており、翼も出せる。完璧だ。これは今度お礼をしに行かなければならないだろう。

「はーいノリちゃんこっち向いて～」

「がおー」

例の記録魔法を乱発して激写しまくっているとアリアさんがすかさず声を上げた。

『汝《なれ》よ！　我も！　我も撮って欲しいのじゃ！』

ノリばかりずるいと抗議するアリアには、この前の謝罪も込めて、鞘を新調してあげた。俺がオーガの骨を彫って、知り合いの彫金屋さんが装飾を施した逸品だ。

思いの外気に入ったようで、最近は非常に機嫌がいい。

取りあえずパシャパシャ撮ってあげたら『やはり女は身だしなみを整えんとなっ！』とか言い出したので、「そうですね」とだけ言っておいた。


そんなこんなしていたら、もう出なければいけない時間だった。俺も着替えなきゃ。

壁にかけてあったパーカーに手を伸ばすと、何故か突然、無性に味噌汁が飲みたくなった。

思えば召喚されてから4年ちょい。ずいぶん遠くまで来たものだ。

目の前にあるパーカーは4年前、この世界に来た時から変わらぬ俺の一張羅だった。

穴が開いたら繕って、シミが出来たら必死に洗った。結果、縫い目だらけのくすんだパーカーは、今代勇者の軌跡そのものだと俺は思う。

運命の日、朝の慌ただしい時間、頬杖ついた妹に眺められながら食べたねこまんまの味を、今でも覚えている。17年間、体に染みついた色々なものは、パーカーのシミと変わらず、簡単には抜けそうにない。

「こんなに大事に着るなんて思ってもみなかったな……」

穴が開いたら新しいのを買えばいいさと笑っていた自分を、今ではイメージすることが出来ない。

「無くしてからわかる大事なもの」なんて、有り触れた言葉を言ってる内は、何が大事かなんてわかってはいないのだ。

「あるじー　どうしたのー？」

『汝《なれ》よ、どうしたのじゃ？』

「ん？　ああ、いや、何でもないよ」

後ろを振り向いて望郷の念に駆られるのは一瞬だけだ。俺にはやらなきゃいけないことが沢山あるし、大事なものは今、目の前にある。

そんなガラにも無い事を考えながら、俺はノリちゃんの手をとった。

「ノリちゃん、折角だから歩いていこう」

「あるくー♪」

＊　＊

てくてく歩いて中等区へ。

このゼプツェン皇国も世界の常識にならって、ある意味清々しいほどの身分制を採用している。

それはここ、皇都ゼプツィールでは最も顕著に表れていた。

宮区、高等区、中等区、一般区――。この皇都は四つの街区に分けられ、中心に行くにしたがって道は広がり、外装も煌《きら》びやかにと、グレードが上がっていく。

中等区までは平民でも出入りできるが、住むためには人頭税以外の住民税を支払わなくてはならないし、高等区や宮区ともなると、平民では基本的に立ち入ることすら許されていない。

俺が住んでいるのはもちろん一般区だ。

そしてギルドは一般区と中等区の境目辺りにあるのだ。

高等区には平民が立ち入ることが出来ない。そんな要素を前提に考えた時、商業的意味合いで一番栄えるのは、おのずと中等区になってくるのは想像に難くない。

そもそも周りには一定の収入がある人が住んでいるし、高等区の住人だって、法的にも経済的にも容易に店が開けない高等区ではなく、モノが集まる中等区まで下りてくる。そして小銭を稼いだ一般区住民は一夜を楽しみに中等区へと足を運ぶのだ。今日の俺がまさにソレだった。

場所と店名はオルテナから聞いているので、現地集合ということになっている。

俺はノリちゃんと手をつないでのんびり歩いていた。

ノリちゃんは普通に空中を歩けるので、俺の手に合わせた高さをてくてく歩いている。

取り留めもない話をしながら道を行くと、お目当ての店が見つかった。

レンガ造りの建物で、年季の入った木の扉を、外壁に設置されたランプが上品に照らしており、外に出されてあるメニューの立て看板を見ると、なるほど毎日通えはしないだろうが、俺が入れないような価格設定でもない。

俺はちょっとだけ怯みつつも扉を開けて中に入ると、ドアベルがカランと鳴り店員さんがやってくる。

俺は思わず周りを見回した。明らかに客層が少しハイソな方たちで、くすんだパーカーを羽織った俺だけが場違いなのではないかと不安になったからだ。

だがそんなことを気にしているのは俺だけのようで、別に変な目で見られるわけでもないし、店員さんに邪険にされるわけでもなかった。

「オルテナで予約が入っているハズなんですけど……」

「イサオ様とノリ様でいらっしゃいますね。オルテナ様はもうお見えになっておられます。こちらへどうぞ」

完璧な対応を見せる店員さんの後に続いて歩を進める。

案内されたテーブル。そこには、髪を結った見たことも無い美しい女性が座っていた。

俺はすかさず店員さんに告げる。

「あの、多分このテーブルではないと思うんですケド……」

消極的に間違いを指摘したつもりの俺。

だが、そのテーブルに座っていた見知らぬ美女が訝《いぶか》し気に口を開いた。

「イサオ、何を言っているんだ？　私との待ち合わせだろう……？」

「はあっ!?　まさかマジオルテナさんっスか!?」

俺が焦ってチャラ男風の口調になってしまったのもしょうがないと思う。

だって目の前には、化粧を施し、見事にドレスアップしたオルテナさんがいらっしゃったのだから。

――美しすぎる冒険者

そんな頭の悪い慣用句ちっくな言葉が頭に浮かんだ。

オルテナさんが綺麗すぎて、若干怖いです。

◆3◆

目の前には、ばっちりキメたオルテナさん。

「あ、あのう……、普段着でいいんじゃなかったの……？」

「それは店のルールの話で、私がそうするとは言っていない。しかしノリちゃんは可愛いな」

おっしゃる通りだった。

俺はどこか釈然としないまま、とりあえず椅子に座り三人で丸テーブルを囲む。オルテナが正面、ノリちゃんが横という配置だ。

座ってからもう一度周りを見渡してみる。

なるほど、普段着のお客さんも少数だがいる。だが大抵はみな小綺麗な仕立て服を着ており、貴族らしき人も少なくない。

席は満席。この緩やかな空気と、評判の料理が身分を問わず多くの客を惹きつけるのだろう。予約していなかったら座れなかったことだけはよくわかる。

とりあえず飲み物をもらう。俺はエール、オルテナはワイン、ノリちゃんはブドウジュースだ。

「そんじゃ、おつかれー」

「おつ……かれ？　あ、ああ、乾杯」

「おつかれさまんさー！」

締まりのない乾杯の音頭で、俺はエールを口元に運ぶ。

すると軽くグラスを掲げただけで酒を飲もうとした俺達二人にノリちゃんが抗議する。

「『ちーん』はー！　あるじ『ちーん』はー？」

俺たちは苦笑しながらグラスを軽く合わせた。

この国において、グラスを合わせる行為はあまりお行儀の良いこととはされていない。数百年前に敵国とされていた国の文化であって、その時以来の風習なのだという。

だが我が家では我が家の風習に則《のっと》り、お祝い事があると決まって『ちーん』していたので、ノリちゃんがせがむのは当然と言えば当然だ。

俺は、外での作法も追々教えていかなければならないなと苦笑しながら、ノリちゃんに前掛けをかけてあげた。

料理は折角だからおすすめのコースにしようということで、注文してやっと落ち着き、視線を前に向けてみる。

目の前のオルテナは綺麗だった。

漆黒の髪をアップで結いつけ、剥き出しのうなじからは、とんでもない量のフェロモンが放出されているに違いない。

服は肩と背中がガッツリ開いたタートルネックといった感じの黒のドレスで、前面は生意気そうに胸元が盛り上がっている。冒険者とは思えないほど綺麗な肌と華奢な体格。彼女が普段は剣をブン回すSランカーだと言っても、誰一人信じないと俺は断言できる。

それを裏付けるかのように、周りの男どもが彼女を「チラ見」ではなく「ガン見」していた。連れの女性に窘《たしな》められている人もいるくらいだ。

それと同量の羨望、嫉妬、殺意が入り混じった視線が俺に向けられている気がするのは、気のせいではあるまい。

当のオルテナさんの方は全く気にせず、紅い眼をそれはもうキラキラ輝かせ、美味しそうにジュースを飲むノリちゃんをうっとりと眺めていた。

俺は少しだけ居心地が悪くなって、間を持たせるようにエールをちびちび口に運ぶ。だいたい、いくら綺麗だといっても、あの生意気おっぱいは別に俺のものでもなんでもないのに、羨ましがられたって逆に悲しくなるだけだ。

考えてみると、こうやって女の子とご飯を食べた経験なんてほぼ無いに等しい。ドロテアとは何度か食事をしたが、186歳の彼女を「女の子」と呼んでいいのか正直俺には判断つきかねる。世界最強クラスの俺だが、そっち系のスキルは皆無なのだ。

気を遣いながら当たり障りの無い会話をして料理を待っているとスープが来た。少し緑がかったクリームスープだ。

間が持たなかった所だったので、正直助かった……と思いながらスープを口に運ぶ。

「うまい……」

感嘆の言葉が漏れ出た。

なんだろう、溶かし込まれた野菜が隠し味程度に苦味を利かせ、味に奥深さを与えている。豆ではない。アスパラ、いや違う、何だろう……。

「うまいだろう？」

嬉しそうに言うオルテナさん。

自分の宝物を見せて自慢する子供のような微笑みに、そういえばこの子は年下だったよなと今更ながら気付く。単純なことに、そう思うと変な気後れが無くなってきた。

やっとノリちゃんを気にする余裕ができて彼女に目を向けると、ノリちゃんはスープを見ながらチラっチラっと俺に視線をやっていた。

こんなことに気付かないほどテンパってたのか、と内心苦笑しつつ声をかける。

「ノリちゃん、ふーふーして欲しいの？」

ぱあぁぁぁっと顔を輝かせ、コクコク頷くノリちゃん。

俺は椅子をずらしてノリちゃんの席に近づくと、スープをふーふーして飲ませてあげた。

「あるじー！　おいしいなー！」

キャッキャキャッキャッ
ノリちゃん大喜び。

「イサオ、私もふーふーしたいぞ！」

返事をする前にオルテナさんは立ち上がり、椅子を持ってノリちゃんの横にくっつける。そしてそのまま座ると、ふーふーし始めた。

店員さんが何事もなかったように、置き去りになっていた皿とグラスをオルテナのところまで移動させ、一礼して去っていく。俺はその仕事っぷりに素直に感心した。

「ふーふー。はいノリちゃん、あ～ん」

「あーん」

血も繋がってなければ種族も違うのに、まるで親子のような微笑ましい光景だった。

俺が目を細めてその様子を眺めていると、通りかかった店員さんがにこやかに言った。

「気に入っていただけたようで何よりです。本日のスープはピーマンのポタージュでございます」

恭しく頭を下げる店員さん。

ピーマンか！　なるほど、あの味に深みを感じさせる苦味と青臭さはピーマンだったのか。

ピーマンにはこういう食べ方もあるのかと感心していると、ピーマン嫌いのノリちゃんがビクッと体を強張らせる。

「あるじー　これ、ぴーまん……？」

「そうだよ、ピーマンのポタージュなんだって」

何やらウンウンと唸りだしたノリちゃん。

そして頭上に盛大な？マークを浮かべながら言った。

「でもなー　これおいしいよ……？」

クリクリおめめをぱちくり。

「ノリちゃんはピーマンが嫌いなのか？　好き嫌いはいけないぞ？」

「あんなー　ノリはぴーまんきらいでなー　これはいっぱいおいしくてなー　でもぴーまんがはいってってなー　どゆこと？」

どうやらノリちゃんは、目の前の美味しいスープにピーマンが入っていることを理解出来なかったようだ。

ピーマンは美味しくない。

だから美味しい料理にピーマンは入っていない。

よって目の前の料理はピーマンが入っていない。

彼女はきっとこう考えたのだろう。ある意味とても綺麗な三段論法だが、世の中は理屈だけでは回っていない。

こうやって好き嫌いを無くしていく方法もあるんだなあ、と俺はちょっと勉強になった。

そんなこんなで俺は一段と気が楽になる。

その上美味しい料理と美味しいお酒が入ってくるとなれば口の方だって滑らかにもなるというも

のだ。

　俺たちはそのまま気軽に話をし、酒を飲み、料理に舌鼓《したつづみ》を打って、素晴らしい時間を過ごしていた。

　丸テーブルに三人横並びという、ヘンテコポジションのまま料理は本日のメインディッシュへ。

「金毛牛のローストでございます」と運ばれてきた肉を一口食べて俺は目を剝く。

「これは……っ！」

「うまいだろう？」

　確かに旨かった。

　肉は柔らかく、嚙むと絞った果実のように溢れ出る肉汁。火が通っているのに生の肉を嚙んでいると錯覚するほど繊維感がないしっとりとした舌触り。完璧だ。文句の付けどころのないメインディッシュだ。

　だが違う。俺が驚いた理由はそこじゃないのだ。

　忘れもしないこの味、恋焦がれて火傷しそうなほど求めていたこの味。17年間、当たり前のように食卓に置かれ、料理に使われ、体の芯まで染みついてしまっている故郷の味。

「醬油《しょうゆ》……このソース、醬油が使われている……っ？」

「ショウユ……？　何だそれは……？」

　そもそも醬油は味噌の製造過程から生まれたという説もあるくらいだ。だとしたら味噌だってきっと……！

なりふりなど構っていられなかった。たまらず俺は、配膳を終え、テーブルから離れていく店員さんに声をかける。オルテナが眉を顰《ひそ》めているがそんなこと関係ない。

「すみません！　このソースなんですけど、これって醬――」


――なんだと！　私たちは貴族だぞ!!


突然の怒声。

店員、お客さん、全員が何事かと店の入口に視線を向けた。

「我々は貴族だ。席が用意できなければ、その辺の平民をどかせばいいだろう！」

「お客様、大変申し訳ないのですが当店では――」

入口でもみ合う人たちがいた。一方はこの店の店員さん。もう一方は貴族を名乗る20代前半くらいの男たち。

「もういい！　どけっ！」

貴族を名乗る男三人が店員さんを突き飛ばし、肩を怒らせながら店内に入ってくる。

俺が声をかけた店員さんが三人を止めようと向かうが、突き飛ばされて尻もちをついてしまった。

正直俺はイラついていた。もしかしたら4年間探し続けた調味料が調達出来るかもしれないところでのいざこざだ。

一瞬、俺が対応しようか悩んだものの、店的にも俺的にも平民が出しゃばることで色々ややこしいことになりそうだと判断し、静観を決め込む。

すると、店内を不躾に見回していた先頭の男が俺たちのテーブルに目を留め、ニヤつきながら近づいてくる。

俺があからさまな面倒事の予感に内心溜め息をついていると、先頭の男が、バンッと俺たちのテーブルに手を突き言い放った。

「そこの平民、さっさとどきたまえ。あ、そちらの美しい方はそのままで結構ですよ」

期待通り洗練されたセリフでした。

圧倒的にド真ん中過ぎて、逆に見逃してしまいそうなどストライク。もはや教科書にすら載らないほど正しい噛ませ犬の姿に、軽く涙が出そうになる。

俺が彼らの正しい啖呵《たんか》に、どう返すのが正しいのかちょこっとだけ思案していると、残念ながら、彼らは「正しくない」セリフを吐いたのだ。

「どけと言ってるのが聞こえないのか。ああ、そんな下等なケモノに服を着せて喜んでる程度の知脳で理解出来るわけがないか」

――――あぁ？

◆4◆

男が俺たちのテーブルにドンっと手を突き言い放った。

「そこの平民、さっさとどきたまえ。あ、そちらの美しい方はそのままで結構ですよ」

一斉に周りがざわつき出す。

大勢の客は、自分のところに火の粉が飛んでこないよう、身を縮めて俯いている。貴族らしき人たちも、同情の視線を俺たちに向けていた。

二つ向こうのテーブルでは「あの方は、あの十貴族のレーベル侯爵家の二男ですぞ、可哀想だが我々では何も出来んよ……」などと、済まなそうにこちらを見る貴族がいた。

それが聞こえたのか、ますます増長し、嗜虐《しぎやく》的に顔を歪めた男がまくし立てる。

「大体、君とそこの美しい人とでは圧倒的に釣り合いがとれていない。これほど美しい人のお相手をするには、高貴な我々こそが相応《ふさわ》しい」

他の二人も好き勝手言い始めた。

「下賤な平民が！　さっさとそこをどけ！　貴様らはただ我々の言うことを聞いていればいいんだ！」

どんな育てられ方をしたら同じ人をこうも見下せるのか理解に苦しむところだ。

身分制度を知識的にも感覚的にも受け入れ難い俺としては、ただ生まれた家が違うだけで、なぜこんなにも偉そうに出来るのかがわからない。

一応、そういうものだと納得しているし、郷に入ればなんとやらで、面倒事を回避するためにはそりゃ何とかしようともする。

だけど、面倒事がわき目も振らず俺に向かってきた場合は、一体どうしたらいいというのだ。

一人で食べに来ていたのだったら、「すんませんっしたー」とか言いながらすぐ退けるのだが、オルテナがいるので、勝手に決めるわけにもいかない。

んで、どうすんの？　とオルテナの方を見たら紅い瞳が危険な光を放っておりました。やべえ、オルテナさんキレとる……。

確かに平民は貴族に逆らえない。法は身分が上の者の暴虐を禁止しているが、実際その法がキチンと運用されているかというと、かなり怪しいのが現状で、おそらくは圧倒的に泣き寝入りが多いだろう。平民は貴族の横暴に耐えるしかないのだ。

だがSランカーともなると話は別だ。

彼らは最低でも各国騎士団の一部隊程度なら軽くあしらえる強者共で、どの国も喉から手が出るほど欲しい貴重な戦力だ。彼らが自国にいるというだけで、抑止力にもなるのだからそれも当然の帰結。

そんな彼らが、せっかく自国で生活してくれているというのに、平民だからと言って理不尽な扱いを受けたらどうなるか。少なくともどこかに行ってしまうだろうし、最悪の場合、報復を受けるだろう。そしてこれは冗談でも何でもない話だから困る。

実際、過去そうやってSランカーに陥《おと》された国があるというのだから笑えない。

といっても俺はただの木っ端冒険者。結局すべての矛先が自分に向いても実際困ります。

実に噛ませ犬な彼らは、望み通り噛ませ犬として扱ってあげるのが礼儀だとは思うのだが、俺は穏便に済ませるためにどうしようか考えていた……のだが。

「どけと言ってるのが聞こえないのか。ああ、そんな下等なケモノに服を着せて喜んでる程度の知脳で理解出来るわけがないか」

「あぁ？」

一瞬で振り切れた限界値、沸き上がるドス黒い感情、いつものような葛藤すらない。後のことは殺してから考えればいいだけの話だ。

アリアを手に立ち上がった俺を、オルテナが右手で制した。

「私が対応する」

俺は間を外されて少しだけ理性を取り戻す。そしてションボリ俯いているノリちゃんを見て再び頭に血が上った。

「おお、美しい人、そこの薄汚い服を着た平民より、高貴な我々こそあなたに相応しい。あなたもそう思うでしょう？　是非この後一緒に——」

「私にとって血統などそこらの虫ほども価値が無い。血筋しか誇れるものが無い矮小《わいしょう》な貴様らは、私には釣り合わんよ。お引き取り願おう、下賤の者よ」

見事な啖呵。

この場にいた客たちも「よく言ってくれた！」とばかりに歓声を上げる。

楽しいひと時に降りかかった横暴に、不快感を覚えるのは身分など関係無いようだ。

場の雰囲気も勝負あった！　といった感じで、このまま男たちが捨て台詞を吐いて出ていくだろうと、誰もが思っていたに違いない。

だが、女性に袖にされ、侮辱された彼らは、さらに恥を重ねることを選んだらしかった。

「貴様ら……！　下民の分際で……っ！」

剣を抜かれたならば事はもっと簡単だったのだ。オルテナが軽くあしらい、名乗りを上げればそれで済んだ話だった。

「女の後ろで震えてるだけの腰抜けが！」

貴族の一人が、デカンタに入ったワインをぶっ掛けてきたのだ。

あまりに予想外の攻撃に若干対応が遅れてしまう。オルテナを軽く突き、俺も躱《かわ》そうとしたところで、後ろにノリちゃんがいることを思い出して俺は固まった。

直後降りかかるワイン。俺の大事なパーカーに容赦なく広がる赤紫のシミ。

俺は怒るより先に悲しくなって「あぁー……」と間抜けな声を上げた。軽く涙目の俺。それを見たオルテナが実力行使に出ようと一歩足を踏み出した時。

それは突然の出来事だった。

――パンッ

店内全てのガラス製品が同時にはじけ飛んだ。

悲鳴は上がらない。絶望的にも感じられるほどの圧力で、みな暗く冷たい海の底に突然放り出されたような錯覚に陥っているはずだ。

魔力爆発。

それも「超」がつくほど弩級《どきゅう》の爆発だ。

元勇者の俺ですら背筋が凍るような魔力量と魔力濃度。オルテナなどは青ざめて、そのプレッシャーに立っているのがやっとだ。

その場にいた客の中にも、何らかの異常が起きたことに気付いている者がチラホラいるようだった。

そして俺はすぐに軽い酩酊感に襲われる。魔力酔いだ。

その魔力酔いとは別に、俺は頭に上っていた血が急激に引いていくのを感じた。

──マズい！

俺ほどの使い手が魔力酔いを起こすような魔力の奔流など、人為的なものでは有り得ない。あるとすればそれは超自然的異常現象か、それとも──。

「……あるじを……いじめた……」

「ダメだノリちゃん！　落ち着いて！」

超高位種が、例えば「神」の名を冠する者が、本気の力を見せた時だ。

「あるじを……いじめたっ！」

「ノリちゃ──」

──ドガッ

咆哮ではない。魔力を魔法に変換したわけでもない。魔力に方向性を与えることすらしていない。

ただ、言葉を強く発しただけ。ただそれだけのこと。それなのに……。

俺にワインをかけた男が消えた。

音が鳴ったほうに目をやると、消えたと思った男が倒れていた。

狙ったのか偶然なのかはわからない。わかったのは男が吹っ飛ばされ、ドアに激突し、蝶番《ちょうつがい》が破損したおかげで何とか死を免れたらしい、という事だけだ。

「ノリちゃん！　あるじは大丈夫だから！　力を抑えるんだ！」

ノリちゃんが激怒していた。

普段からニョーラと呼ばれ、バカにされることが多かった俺だが、それを聞いて、羽をパタパタさせて抗議の意を伝えることがあったとしても、彼女が本気で怒ったことなど無かった。なぜ今回はこんなにも怒っているのかわからないが、止めさせないと取り返しのつかない事態になることだけはよくわかる。

神竜の怒り、それは文字通り「神の怒り」だ。

神の怒りに触れた人の末路など、数多ある神話や御伽話からも明らかで、それに人の身で抗うことなど、想像上ですら許されていない。

まだ力を制御できない、幼いノリちゃんがそれを行使するということは、その怒りが無差別に撒き散らされることを意味するのだ。

今この瞬間発現しているソレを、俺がゴクリと喉を鳴らして確認した時、もう既に本気のノリちゃんには、俺ですら敵わないのだと知る。

しかしそれと同時に俺は思った。だから何だ？　と。

そんな事で俺の気持ちは揺るがない。俺のすべき事が変わるわけがない。躊躇などあるはずもない。

ノリちゃんを守るのは俺だ！

「ノリちゃん——っ！」

彼女が纏う魔力の塊『神威』に、躊躇《ためら》いなく両手を突っ込んだ。

バチバチと音を立てて、『神威』が他の全ての存在を拒絶する。

常日頃俺が体表に展開している32の結界が、冗談みたいに崩壊、皮膚が弾け飛び、血管が千切れ、筋肉が断裂した。あまりの激痛に喉まで出かかっている悲鳴を必死で飲み込み、そして俺は……。


彼女を抱き寄せた。

◆5◆

突然、フッと消え去った恐ろしいまでの魔力圧。私はその中心にいた人に目を向けた。

「ノリちゃん、どうしたの。そんなに怒っちゃ美人さんが台無しだよ？」

イサオがノリちゃんを抱きしめながら語りかける。

イサオの肘から先は皮膚がズル剥けで、それはもうグロテスクな状況になっていた。血がプップツと肉の表面に浮き出ては滴り落ちて、床には血だまりが出来始めている。

イサオは自身の血がノリちゃんの服を汚さないよう、二の腕を使って彼女を抱きしめ、穏やかな笑みを浮かべていた。

私は彼の胸で涙を流す彼女の背後に、数年前のあの日の自分を見る。

「だって、だってなー……あるじの……だいじなぱーかーがな……」

「ただの服さ。ノリちゃんに比べたら、こんなもの大事でもなんでもないんだよ？」

ノリちゃんが、うえぇ……と、しゃくり上げながら言う。

「ノリのせいで……、ノリが、ふぐぅぅ……ノリがおしゃれさんしたからなー……」

「〜〜ッ!!」

もう我慢などできなかったのだろう。イサオの目に、ぶわっと涙が溢れる。

〝下等なケモノに服を着せて喜んでる程度の知脳で〟

貴族のこの一言が彼女を深く傷つけたのだ。

自分のせいでイサオが馬鹿にされていると、自分のせいで楽しい食事が邪魔されてしまったと。

そしてイサオが大事にしていたらしい服にぶちまけられたワイン。

私でなくてもわかる。それは貴族たちにとっては、ただの取っ掛かりに過ぎないのであって、因縁をつける材料に過ぎなかったのだ。もし彼女がいなくともイサオは別の部分を論《あげつら》われ、謂《いわ》れ無き侮辱を受けていたことは間違いない。貴族はノリちゃんに暴言を吐きたかったわけではなく、イサオを退席させたかったのだから。

しかし彼女はそうは思わなかった。大好きな主が自分のせいで大事なものを汚されてしまったと思った。

優しい子だ。私は思う。

竜種。いわゆるドラゴンは、高い知能を有し、人語を理解し、知性をもつ生物に配慮し、干渉を嫌い、無駄な殺生をしない高潔な種族だ。

だとしても竜種が2歳から人の言葉を理解し、人と同じコミュニティで暮らすことなど有り得ないのだ。少なくとも私は聞いたことが無い。

高位に分類される竜種であっても、人の言葉に耳を貸すことなどせず、永い時を過ごす過程で知識を有し、緩やかに人格を形成していくのが普通である。不合理とも思える彼らの巨大な力が、そ

の傲慢とも言い得る意志形成過程を容認するのだ。

そもそも低位の竜種は『亜竜』とよばれ、その本質は魔獣と変わらない。生まれ持つ強大な力を撒き散らし、高レベルの討伐ランクを付与されているものの、私から言えば、普通の魔獣より強い魔獣でしかない。

一体どこの世界に行ったら、人族を『あるじ』と呼び、ノリという名前と自我を認識し、人語を理解した上、2歳であると頭を下げる竜種がいるというのだ。

どこの世界に、自分が侮辱されても耐え、他人のために本気で怒れる竜種がいるというのだ。

私は確信している。

ノリちゃんは超高位種だ。そして、人と共に泣き、人と共に笑うことを選んだ優しい女の子だ。

因縁をつけてきた残りの二人の貴族は、とうの昔に「ヒィィィっ」と悲鳴を上げて逃げていた。

客はざわつき、店員達は呆然としている。

私は二人の邪魔をしたくないと思った。何やら語り合っている内容は聞こえないが、きっと大事な話をしているのだろうと思う。

少しして、責任者らしき男が店の奥から出てきて歩み寄ってくる。自身の皮膚であるかのように黒のベストが馴染んだ上品な紳士だ。

まず、抱き合う二人に向かって何か言おうとしたが、声をかけられず、私の方に視線を向けた。

私が無言で首を振ると、全て解りましたとばかりに私に歩み寄ってくる。彼から何か言われる前に先に口を開く。

「迷惑をかけました。補償はするので、見積もりをください」

すると彼は、フッと笑うと言った。

「お客様には塵ほどの非もありません。非は、騒ぎを止められなかった私共《わたくし》にございます。したがいまして費用を請求する気など毛頭ありませんし、お代をいただく気もございません」

「だがそれでは筋が通らないでしょう。あなたがただって不当な費用を負うことになります」

「お客様……」

彼が一拍置いて語り出す。

「私共は自信を持って営業しております。提供した分以外のお代はいただきません。もし、心苦しい気持ちがあるのなら、またご来店下さいませ。今度こそ最高のサービスを提供させていただきます」

真摯な言葉には想いが宿る。

静かに放たれたその言葉は、驚くほど力強く響き渡った。

何かを揺さぶられた客たちも、自分たちがするべきことを思い出したように食器を手に取った。

楽しい時間を満喫する。何よりも上等な娯楽を取り戻した客たちは、次第に元の明るい店の雰囲気を形成し出す。ドアの有無など重要な要素ではなかった。

私が身を置く白刃煌めく世界の住人ではなくとも、信念を持って仕事をする人には敬意を表すべきだと私は思う。

「また寄らせていただきます」

「心よりお待ちしております」

困ったな、またこの街に滞在する理由が一つ増えてしまった。

私は抱き合って見つめ合う彼らを立たせると、とりあえず今日は帰ろうと店の外へと導いた。

＊　＊

泣き疲れて寝てしまったノリちゃんを抱っこしての帰り道。俺は横を歩くオルテナに謝罪した。

「何か、悪かったなオルテナ」

ズタボロになった腕はとっくに回復済だった。オルテナも参加したオーク討伐では、軽度の怪我を治して回っていたので、別にそれほど違和感はないはずだ。

色々あったが、またノリちゃんと絆を深めることにもなったので、少し満足な俺。

オルテナが優しく微笑みながら言う。

「いや、私もこの街に滞在する理由が一つ、いや二つも増えて悪くない気分だ」

どこか満足そうなオルテナさん。この街に滞在する理由が増えたって、何があったんだろうか。

まあ考えても俺にはわかるまい。

それより俺は、どうにかしてもう一度あの店に行きたいと思っていた。あのソースにはおそらく醤油が使われていたからだ。

こちらに来てから初めて口にした故郷の風味に、諦めていた『ノリちゃんに和食を食べさせる』という野望がまた再燃していたのだ。その野望が叶った暁《あかつき》にはオルテナにも振る舞ってやろう。

途中で「私はこの辺だから」と言うオルテナと別れ、俺たちは家のある一般区を目指す。

俺の胸で寝息を立てるノリちゃんの、愛らしい寝顔をガン見しながらてくてく歩いていると、後ろの方から人が近づいてくる気配がした。

俺は一瞬で身構え、背後に向かって牽制する。

「誰だ！」

すると何人かのお供をつけた、貴族らしい男が特に警戒する様子も無く歩み出てきた。

「私はベルト・カイナッツォ。レストランでの一件、見ていたよ」

俺は警戒を強めて、ノリちゃんを起こさないよう彼女に強めの障壁を張る。

だがベルトと名乗った男は意外なことを口走り出した。

「君の腕を見込んで依頼をしたい。今日はもう遅いし、気分も乗らないだろうから、明日訪ねて来てくれないか？　何なら私が訪ねたっていい」

ノリちゃんの圧倒的な力を見られた後での接触だ。ウラが無いと素直に聞くのは軽率に過ぎる。

無言で返す俺を責めるわけでもない口調でベルトさんが語る。

「もちろん通常の依頼だから受ける受けないも任意だ。大まかな内容は娘、『クルルの護衛』だよ。詳しくは明日話したいが、聞くだけ聞いてはくれないかね？」

今すぐどうこうという話でもなさそうだし、あくまで依頼だと男は言う。

俺は、いざとなれば何でもやるが、意思疎通が出来る人間とは、出来るだけ話し合いでなんとかしたいと思うタチだ。

それに俺をどうにかできる人間がいるとも思えないし、話を聞くだけならタダだろう。何かウラがあるにしても、懐に飛び込まないとわからないこともある。どちらにしろ話を聞くのは有用だと判断した。

だから俺は、話は聞く旨を告げると、家の場所を聞き、明日訪問する約束をした。

◆6◆

トントンと玄関のドアがノックされる音で俺は目を覚ました。

誰だろう、いつもは9つの鐘を数えてから起きるのだが、まだ8つも鳴っていないのではないか。

俺は欠伸《あくび》しながら起き上り、ふい～と寝ているノリちゃんを軽く撫でてから玄関に向かう。そしてドアノブに手を伸ばしたまま固まった。

そ、そういえば……。


——そういえば、そろそろ家賃の支払いの時期ではなかろうか。


そのことに気付き、サーッと血の気が引くのがわかった。

ちくしょうミスった！　俺は何を調子に乗っていたんだ！

最近、ブラックウインドを脅し、懐が暖かくなっていたおかげで忘れてたっ！

考えてみれば、俺は家賃の値上げ分を払うため必死に走り回り、今度は借金を払うために奔走した。

そう、俺は今月、２回もババアに少なくないお金を払ったのだ。

結果として訪れる根拠のない満足感と、俺払ったたった感。そして手元に残った、使うには簡単だが貯めるのは大変な程度の小銭。

俺は部屋を見回してみる。

聖剣の鞘は新調されているし、壁に立てかけられるのは、手軽な女《剣》みたいで嫌だとアホ抜かすアリアのために、お洒落《しゃれ》な剣立ても買ってあげた。

何より、ベッドの下で待機する俺のジャイアンツ打線《エロ本コレクション》は、大砲の獲得に性交し、史上最高の布陣となっていた。

そして昨日は、そんな状況にもかかわらず、多少値が張るリストランテのお誘いなどに、ほいほいついていってしまった。

改めてここ最近を振り返って思う。これは典型的なダメ人間のパターンではないか。

俺は頭を掻き毟り身を捩った。７５０００ギルも持ってないのです神様。

――コンコンコン

今度は強めにノックされた。どうしよう……。

走馬灯のようによぎるのは過去の悲劇。

嫁さんに頭の上がらないカイル精肉店のオヤジが「カミさんには内緒にしろよ」とウインクしな

がら貸してくれた秘蔵の春画。

著名な絵師が書いたとされるその名作を片手に「家賃が払えないならこれを売って補填《ほてん》するよ」とのたまったババア。

「大家さんに没収されました……」と俯きながらオヤジに報告した屈辱を俺は忘れない。

友達に借りたゲームソフトを先生に没収された山田君の気持ちを、まさか二十歳《はたち》を超えて体験することになるとは思わないじゃないか！

このままだと俺のジャイアンツ打線は、親会社の不調によりIT的などこかに買収されることは間違いない。

頭を患っている聖剣《不良債権》は是非持って行っていただきたいのだが、ババアは絶対ピンポイントで抉ってくるに決まってる。

――コンコンコンコン

ダメだ、逃げられないし、いい案だって浮かばない。

俺にはもう二択しか残されていなかった。

殺《や》るか……。

俺の右手が反射的にアリアを探すが、瀬戸際で思いとどまる。

無理だ。この前だってババアは全力の俺の『剛力』（2200馬力）をものともせず、暴虐の限りを尽くしていったのだ。

元勇者の俺でもどうにもならない。間違いない、異世界最強は大家さんだ。

そこまで考えた時、俺に残された道は一つしか残っていなかった。

俺はおもむろにカギを開け、玄関に並べられた靴を脇に退けると、無言で腰を落とす。

DOGEZA
スッと、音も立てずにドアが開かれ、朝の爽やかな光が俺の後頭部に降り注ぐ。

俺は、遥か頭上より投げかけられる御言葉を、地面に額をこすり付ける正式なスタイルで待ち続けた。

最早、俺の視界からは確認する事敵わぬ人物が口を開く。

「イガワ様、お迎えに上がりました」

＊　＊

カッポカッポ馬車の中。

隣には、初めての乗り馬車ではしゃぐノリちゃん。あっちこっち見回しては「あるじー　すごいなー」と笑顔で同意を求めてくる。

俺は「そ、そうだね……」と返しながら気が気じゃなかった。

「もう少しでございますよ」

俺はビクっと正面に座る老執事さんを見る。

物腰柔らかく、穏やかな笑みを湛《たた》えて背筋を伸ばす姿は、誰もが中二の時に夢想する完璧な執事のそれだ。

「……ノリ様」

俺は再度ビクっと震え、祈るような気持ちで執事さんを見つめる。

「屋敷に着いたら甘いお菓子を用意してございますよ」

「おかしー！　ノリはあまいのだいすきです！」

正直、土下座の事をノリちゃんに言われるのではないかと気が気じゃない。

あなたの主はね、この私の前で土下座を敢行したんですよ？　とか言われたら、ただでさえ少ない主の威光がとんでもないことになってしまう。ていうかノリちゃんに「あるじ、ＤＯＧＥＺＡしたの？」とか言われたら、きっと俺は死んでしまう。

何で俺の家を知ってるんだよとか思うけど相手は貴族様、きっと色々と考えるだけ無駄だ。

俺が悶々としているうちに馬車は目的地に着いたようで、当たり前の様にドアが開けられると、降車を促された。

「あ、どうも」とか言いながら馬車から一歩踏み出して絶句する。

「あるじー！　おしろー！　おしろだー！」

お城だった。

いや、正確には屋敷なんだろうけど、俺にとっては20畳を超えたら全部お城だ。

「こちらでございます」と案内する執事の後ろを、夢遊病者のようにフラフラとついていく。風景なんて目に入りもしない。

重そうな扉がゆっくりと開けられ、その向こうの玄関広場に整然と居並ぶのはメイド陣。

20人近くのメイドたちが両側から「いらっしゃいませ」と一糸乱れず一斉に頭を下げてくる光景は、生来の小市民である俺にとっては眩暈《めまい》しか齎《もたら》さない。

「ど、どーも……」と恐縮しながらメイドアーチを進む俺は、後ろからついてくるノリちゃんに縋《すが》る様な目を向ける。

「こんにちは。ノリです！」「こんにちは。ノリです。2さいです！」「こんにちは、ノリです。あまいのたのしみです。こんにちは…………！」

頭を下げているメイド一人一人にお辞儀と自己紹介をカマしていた。

徹底的に訓練され教育されたであろうメイドをして、ノリちゃんの攻撃力の前では為す術《すべ》もない。

そこらじゅうで「ああ……天使……」とか「か、かわいい……！」とか言って身をくねらせ、メイドアーチが乱れに乱れまくっていた。

とてつもなく礼儀正しく良い子に育ったねノリちゃん。あるじは嬉しいよ。もしよろしければあるじに君の強さを分けていただけないでしょうか。

俺が半ば呆然とその光景を見つめていたら、ノリちゃんが目をバッテンにしながらパタパタする。

「あるじもあいさつしなきゃ、めぇ～～！」

「こんにちは。イガワイサオです。21歳です」

オメーにゃ聞いてねーし的な空気が爆発した。

一番手前のメイドさんなんて、お客様には絶対に向けてはいけないヤンキー顔で俺を威圧する。

この子放っといたら、唾とか吐きますよ？

オメェ、チョーシくれてっとマジやったんゾ、おぉ!?　みたいな感じで顎を上下にカクカクさせるメイドさんから、俺は電車でヤンキーに絡まれたサラリーマンの様に目を逸らした。この扱いの差はなんだ。

そうして俺のライフが限りなく0に近づいた時、

「我が家へようこそイサオ殿。詳しい話はこちらでしようか」

ベルト・カイナッツォさんご登場。

俺は瞬時にノリちゃんを抱きかかえ、ベルト兄貴の方へと逃走した。

そうしてふっかふか絨毯が敷き詰められた廊下をベルトさんの後に続いて進む。

庭の前の通路にさしかかった時、テラスで優雅に紅茶を飲んでいる12、3歳くらいの少女を目にした。

憂いを帯びた表情で美しい庭を眺めながら、時折ティーカップを口元に運ぶ。

そんな彼女を、手入れされた木々の隙間から漏れる光が艶《つや》めく金の髪を撫で、その光景はまるで名だたる画家が描いた一枚の絵画のよう。体からは抑えきれぬ気品が溢れ、深層の令嬢然とした雰囲気を醸し出していた。文句なしの美少女だ。

だがその完成されたはずの絵の中には、決定的な違和感が存在していた。

ベルトさんが軽く窘める。

「クルル、家にいる時くらいはちゃんとした格好をしなさい」

「いいえお父様、貴族として、あの約定を果たすまで、私は戦士です」

話が全然見えないが、昨日、ベルトさんが言っていた『クルルの護衛』の『クルル』とは彼女の事だということはわかる。だがなぜ目の前のお嬢様がポンチョのような鎖帷子《くさりかたびら》を装備し、四肢を革のプロテクターで覆っているのかがわからない。

そしてその姿でなにゆえ、優雅に紅茶を嗜《たしな》んでいるのかも全くわからない。

ベルトさんは、困った……と言った感じで廊下の奥へと歩き出した。

俺はベルトさんを追い、彼女の横を通り過ぎる時、『あれ……この子、どこかで見たことがあるな……』と思った。

◆7◆

ちょっと離れたテーブルの上には10種類以上のお菓子。

ノリちゃんがくりくりおめめをキラキラさせていた。それ以上に給仕をするヤンキーメイドがノリちゃんに目を輝かせているが、ペナルティーが無いのならばチェンジを要請したい。

ノリちゃんは、いただきますとお菓子に手を伸ばしたところでハッと気付いたように俺を見た。

「あるじー　おかしたべてもいいですか！」

「1個だけだよ？」

ノリちゃんが、ガーン！　という顔になる。

ヤンキーメイドが、ハア？　テメー何言っちゃってんの？　みたいな顔でガンつけてくる。

「で、でもなー　おかしいっぱいあってなー　ノリたべたいかもしれんくてなー……」

上目遣いで俺を見るノリちゃん。

おお!?　テメー殺んぞ！　殺ったんぞ、あぁ!?　みたいな目で俺を見るヤンキーメイド。

「じゃあ、今日は特別に三つまでにしよう！」

自制する事がまだまだ出来ない彼女を甘やかすのもよくないが、厳しすぎるのもよくないと俺は思う。

「はい！　ノリ三つまで！　ノリ三つまでたべます！　うんとねーうんとねー」

むいーむいーと悩むノリちゃんと、ムハームハーと鼻息を荒らげるヤンキーメイド。

こっちはヤンキーに任せておいても大丈夫そうだ。

それを微笑ましい顔で眺めていたベルトさんに向き直り、俺は仕事の内容について促した。

「依頼というのは、わかっている通り娘――クルルの護衛をして欲しい」

老執事を横に控えさせ、困ったように声を捻《ひね》り出すベルトさん。

正直、これだけの身分の人間が護衛を雇うことに、なぜ苦しい顔をするのかがよくわからない。

なぜ、大した面識もない冒険者に頼むのかもよくわからないし、これだけの財力があれば、俺なんかよりもっと信頼度の高い人間を雇えるはずだ。

「護衛って、普通に護衛をすればいいんですか？」

「いや、クルルに……娘に見つからないように護衛をして欲しい」

途端、難易度が跳ね上がった。なるほど、そういうことか。

護衛対象に見つからないように護衛をする。

魔法を使えるなら、見つからない距離からポンポン魔法撃てば出来んじゃね？　と言われるかも知れないが、そんなに世の中甘くは無い。言葉にするのは簡単だが、それがどれだけ難しい事か。

確かにこの世界には魔力で補強した弓矢もあれば、魔法による狙撃だってある。長距離から一方的に相手を攻撃することも可能だ。

だが大抵の魔法は、元の世界の銃より遅く、スペルエンドから発動までラグがあるし、発動してから座標に展開するまでにもラグがある。

戦闘は長距離レンジでの戦闘だけではない。詠唱中、常に前衛が守ってくれるわけでもなければ、一方的な狙撃戦を仕掛けて、接敵されない保証があるわけでもない。

接近されましたハイ負けました。ではお話にならない。この世界における戦闘の敗北はイコール『死』だからだ。

とすると結果的に『魔道士』の戦闘スタイルだって見えてくる。

俺のように戦略級魔法を無詠唱でポンポン使えるチート野郎は置いといて、この世界の魔道士はほぼ例外なく迫撃をこなすことが出来る。いや、出来るではなく、出来なければ生き残れないのだ。だから長距離戦闘を得意とする職種である魔道士ですらも、相手の攻撃が届く距離であることを前提とした技術を練磨しているのが普通だ。『魔道士の真価は迫撃で決まる』という格言があるくらい、それは当たり前の事なのだ。

そこでベルトさんが言う条件に戻ろう。「護衛対象に見つからないよう護衛する」という条件についてだ。

護衛対象に見つからずにということは、戦士系は論外、魔道士系だって護衛対象と離れて、護衛対象に近づこうとする輩を不可視の攻撃で仕留めるなど至難の業。

残るは斥候職ということになるが、敵に複数で包囲攻撃を仕掛けられたらひとたまりもない。

それにそもそも論として、普通に考えると、先に魔法を撃たれた時点で護衛対象に気付かれず守るなんて無理だ。魔法をぶつけて相殺するか、障壁魔法で守るしかないのだから。

ともかく、それだけ大きな制約がある以上、俺はまず確認をしなければならない。

「なぜお嬢さんに見つかってはいけないのですか？」

ベルトさんは渋面《じゅうめん》を浮かべながら言う。

「あの完全防備を見ただろう？　そもそもは平民の子供との約束から始まっているらしいんだが……」

ベルトさんが語る平民との約束は、つまりはこういうことだった。

最近、クルルちゃんが何かと張り合っている平民の子供がいて、その子と言い争いになり、クルルちゃんが貴族の云々《うんぬん》を説いていると、

——貴族が平民を守るって言っても、俺より弱いお前がどうやって俺を守るんだ？

私はあなたより強いんだから！

——認めて欲しかったら、ヒカリゴケの親株でも持ってこいよ。

持ってきたら私をちゃんと認めるのね!?

——どうせ貴族サマの力で手に入れて持ってくるんだろう？

そんなことは絶対しない！　私は神と私の名に誓って、自分の力で採ってくるわ！

そんなやりとりがあったらしい。

どこにでもある子供の売り言葉と買い言葉の応酬だ。きっと彼女がヒカリゴケを持って来られなくとも、一言謝ればそれで終わる類《たぐい》の話に過ぎないだろう。

だが彼女、クルルちゃんは良くも悪くも貴族だった。

何よりも名誉を重んじる彼らにとって、自身の名に誓うという行為が持つ意味はとてつもなく重い。

もしクルルちゃんが、貴族であることに誇りを持っているならば、彼女が貴族であることをやめない限りヒカリゴケ採取に一人で向かうことになるだろう。

そして、先ほどテラスで重装備で紅茶を飲んでいたクルルちゃん。ようやく話が見えてきた。

「イサオ殿も冒険者なら知っての通り、ヒカリゴケは『亡者の大空洞』で採れる我が国の名産品だ。駆け出しの冒険者でもパーティーを組めばそうそう危険なことも無いランクEのダンジョンだとしても、討伐経験の無い娘にとっては大冒険だ」

ベルトさんの言う通り、ヒカリゴケはゼプツェン皇国の名産品だ。魔力を吸収して幻想的な光を発するそのコケは、ちょっとした店の照明に使われたり、雰囲気を出すためのツールとして広く利用される。

栽培も盛んにされてはいるものの、人工的にはどうしても曾曾孫株までしか栽培できず、定期的に親株を調達する必要があった。

そこでギルドに出される『ヒカリゴケ採取』の依頼。ランクはE。

ヒカリゴケは、『亡者の大空洞』にしか存在せず、冒険者はここに採取に行くことになるわけだが、この大空洞は、地形的にちょっとした魔力溜まりが起きやすい場所であり、さらに大昔のお墓だったらしく、魔力に中《あ》てられた死体が徘徊する、つまりはアンデッドの巣窟となっているのだ。

といっても、怨念も無く自然発生的に生まれたアンデッドであるためか、それほど積極的に人間を襲うわけでもなく、強い個体もいないため、たまに討伐隊が組まれるものの、基本は放置プレイ。

ヒカリゴケ採取をする冒険者は、手が空《あ》いてる時にある程度討伐しておいてね、というのが暗黙の了解だったりする。

ギルドではポピュラーな依頼の一つで、駆け出しの冒険者パーティーでも出来る結構割のいい仕事の一つでもあったが、女の子一人が乗り込むには少々危険だと言わざるを得ない。

ベルトさんの言う通り、クルルちゃんにとっては大冒険になるだろう。

「娘ももう今年で13歳だ。その娘が自身の名に誓ったことだから、口を出さずに見守りたいところだが、父親としては、その……わかるだろう……？」

娘を心配する親心に貴賤《きせん》など無い。

親が子供を心配するのは当然だ。子供にとってはそれが余計なお世話だとしても、たとえ邪険にされたとしても、親としては心配する責任と義務があると俺は思う。

俺も元世界では、心配する親をウザイなどと思ったことは多々あるが、きっとそれ以上に見えないところで俺は親に守られていたんだと思う。

俺はベルトさんの顔を見る。

ノリちゃんの力を見られた直後だから、それを利用しようとか、探りを入れようという輩だとばかり思って警戒していたが、なんてことはない。

子供を心配するあまり、純粋に腕の立ちそうな人間を雇おうと奔走する、どこにでもいる一人の父親に過ぎなかったのだ。

貴族の名誉と親の責任の狭間で苦悩する彼の顔を見て、俺はこの依頼を受けようと思った。

「そ、それにだな……それに……っ！」

ベルトさんが口籠る。俺の中でもう既に話は決まったのだが、同じく娘を持つ親として彼の愚痴を聞くくらいしたってバチはあたらない。

俺はにこやかに微笑んで先を促した。

「その約束をした平民の小僧なのだが、どうやら娘と最近仲が良くてだな、娘は、父親である私が言うのもなんだが、その……美少女だ。それに加え優しく、驕《おご》らず、努力をし、誇り高く、今は亡き若かりし頃の妻にそっくりだ。非常に魅力的な女の子だ……そう！　男なら放っておかないほどにっ!!　イサオ殿もそう思うだろう!!」

え？　何？　何が始まる感じ？

「もしだ、もしもの話……いや、それは無い事はわかってるんだ。そんなことは絶対に、それは無いさ、私のクルルはそんなことしないんだ。何言ってるんだろうな私は、はははっ！」

俺も身に覚えのあるセリフを吐くベルトさんは、右手で顔を押さえ笑っていた。だが指の隙間から見える目が、血走り過ぎていてビビった。

「も、もしも、そそっ、そそそそその小僧が私の可愛い可愛いクルルちゃんに、ろろろろろ狼藉《ろうぜき》を働こうとするならば……こ、ここっこここここっこここころコロコロコロコロ――ッ」

キていらっしゃった。

「旦那様、落ち着いて下さいませ。イサオ様がドン引きされております」

「おおおおお落ち着いていられるかっ！　私のっ！　私のクルルちゃんに振り向かない♂《オス》などいない！　世の全ての♂がクルルちゃんを狙っているんだ！　私には分かる！　はっ！　ま、まさかセバスっ！　貴様もクルルちゃんを狙――」

「わたくしめは熟女好きにございます」

さらっとカミングアウトする老執事。

少なくとも両者共、客の前でする話ではなかった。

「そ、そうか、しかし世の熟女好き以外の全ての男はクルルちゃんを狙っている。私には分かるのだ！　クルルちゃんに色目を使う輩は……殺す。ただでは殺さん……」

何言っちゃってるんだろうこのオッサン。

「加工だ！　不埒《ふらち》な輩は若干濃い目のハムに加工してやる!!」

とんでもない親バカだった。

なぜ娘の恋路の邪魔をし、相手に報復を加え、挙句の果てには人様をハムに加工しようなどという野蛮な思考が出来るのか。愛する娘に愛する人が出来たのなら、祝福してあげるのが親ではないのか。俺には全く理解の出来ない世界だった。

俺はハアハアと息を荒らげるベルトさんを、若干憐《あわ》れみのこもった目で見ながら「依頼は受けます」と告げる。

そして、横で未だむいむいムハムハやってるテーブルに行って、その様子に苦笑すると、ノリちゃんが好きなお菓子をチョイスして一緒に食べた。

「あるじー　おうちでノリしゃかしゃかしゃかー？」

「そうだよ、甘いもの食べたらちゃんと歯を磨くんだよ？」

「はーい♪」

たまにはこんな依頼も悪くないかも知れない。横で美味しそうにお菓子を食べるノリちゃんを眺めながら、俺はそう思った。

◆8◆

「偉大なる聖剣アリアさん、違うんです。今回はそうい――」

『……可憐で』

「可憐で偉大なる聖剣アリアさん、違うんです。今回はそうい――」

『……超可愛い』

超めんどくせえ……。

「可憐で偉大で超可愛い聖剣アリアさん、違うんです。今回はそういう話ではなくて、仕事の話でして……」

俺は今、久しぶりに聖剣アリアさんに仕事の話をしようとしていた。

以前は、討伐依頼を入れないことでブツブツ言われていたのだが、最近、オシャレをさせていることもあって非常に機嫌がよく、討伐云々に関してはあまり文句を言わなくなっていた。

しかし……。

『なんじゃ、我はツミカグラ油を所望するぞ言ったぞ？　乙女が柔肌を手入れするのは礼儀じゃ』

完全に調子に乗っていた。

ツミカグラ油は、レガリアの北にあるムンゼスカ共和国で栽培される木花の油で、ここゼプツィールに流れてくる時は、小瓶一本で1万ギルを超える超高級油だ。

なぜそんな高級商品を把握しているのかわからないし、なぜ安油で喘いでいた安上りのアリアさんが、そんな妄言を言い出したのかもわからない。

ちょっと何かを買ってあげただけで、次は次は、というまさかの貢がせ女体質にも引いてるし、そもそも論として、金属生命体がどの口で「柔肌」とか抜かすのか。

『我はこの前、着飾ったオルテナを見て思った。あ、我負けてるなって』

聖剣としての自負があるのもプライドがあるのもわかる。歴史書で聖剣アリアの軌跡を辿ると、いかに彼女が偉大な功績を残してきたかがこれでもかというほど示されているのだ。

俺だってその辺は否定しないし、するつもりもない。

だがなぜこの剣は、種族以前に生物としての根本形態が異なるオルテナと張り合おうとしているのだろうか。

『オルテナはあんなにお肌がプルプルなのに、なぜ我はこんなにも肌が突っ張っているんだろうって』

それはね、聖剣さん。物理的に構成物質が違うのですよ、と言ったところで彼女は聞きゃしない。

その柔らかお肌を切り裂くため、硬く鋭く生まれたのが剣という存在なのに、美人のお肌ほどプルプルになりたいとか、一体君は何のために生まれてきたのだ。

言いたいことは山ほどあるが、何でもかんでも全て正直に言うほど俺も子供ではない。俺は言い知れぬ憤りを感じながらも、この場を収めるために妥協することにした。

「そんなことないよアリア～！　全然まだまだツルツルじゃ～ん！」

『え～うそ～！（驚）。我なんて全然だめじゃ～。汝《なれ》のほうが全然きれいじゃよ～～（嬉）』

あまりの女子会トークっぷりに軽く眩暈がした。

この一桁多いアラフォー女子（笑）は、一体全体どこに着地をしたいのか。

俺はウンザリしながらアリアの方を見ると、何やら何かを期待するようにキラッキラッとこちらにアピールをしてきている。『もっと褒めろ』のサインだ。

ここで「だよね～」で話を終わらせるのは簡単だ。

きっとこの場はこれで終わり、何事もなく次の話に持っていき、彼女はニコニコしながら仕事をこなしてくれるだろう。

しかしこの手のタイプは給湯室のOLよろしく、俺のいないところでノリちゃんにある事無い事吹き込み出すに違いない。あるじってさ～最近無いよねぇ～とか間接的報復に出るのは目に見えているのだ。

だから俺は腹の中に渦巻くあらゆる感情を飲み込んで言い放った。

「そ、そんなことないよ～！　アリアのほうが全然き～れ～い～！」

そんな俺の健気な努力に対するダメ女《剣》の返答はこうだ。

『え〜。そうなのかな〜（悩）』

ああ……ぬっ殺して差し上げたく存じます……。

俺は、今すぐアリアを近所のガジル金工店の溶鉱炉にブッ込んでやりたい衝動に襲われるが、なんとかそれを我慢する。

「アリア、聞いてくれ、仕事の話なんだ」

『なんじゃ、それなら最初からそう言え』

最初からそう言ってるわボケ。

俺は落ち着くために深呼吸してから、ベッドでお昼寝するノリちゃんに目を向ける。

いつもは自分で歯を磨くのに、今日は甘えたい日だったのか、俺に磨いてくれとせがんできた。

もちろん俺にとってはご褒美なので、入念に磨いて差し上げましたとも！

そんな幸せタイムを満喫してからアリアに向き直る。大分心に余裕ができた。

「アリア、いい話と悪い話、どっちが先に聞きたい？」

『なんじゃ勿体ぶって、我は回りくどい話は好かんぞ』

先ほどのしちメンドクサイ女子トークを一切覚えていないらしい。

俺は脳ミソ空っぽなアリアさんに、若干の同情をしつつ話を進める。

「じゃあいい話を先にするよ。今回の仕事は討伐依頼じゃないけど、討伐は必須だと思う。君を使うよ」

『やっ……！　てない！　我は騙されんぞ！　前回は討伐依頼なのに討伐してくれなかった！』

前回のオーク討伐の際、後方支援に徹したことを今でも根に持っているらしい。

あの時は酷かった。あの時のアリア姫のご乱心っぷりには、さすがの俺もドン引いたし、ていうか普通の人だったら精神喰われてるレベルの瘴気だったと思う。

ここまで考えた時に、俺、別に根に持たれる筋合い無いんじゃね？　と思った。

オークの死体に刺さって散々トリップされていらっしゃったではないか。

「いや、今回はもう一人受託者がいるらしいんだけど、基本ソロだから討伐は避けて通れない」

『な、なんじゃ……討伐嫌いの汝《なれ》が、どうしたのじゃ……？　はっ！　そうやってまた我を連れ出して質に入れようと――』

「いや、今回はマジで討伐です。あなたを使って相手を斬ります」

ここまで言った時、アリアがおずおず、といった感じで聞いてくる。

『……ほんとに？』

「ほんとだよ」

『ほんとのほんと？』

「ほんとのほんと」

アリアは数瞬、ブルブルっと震えると刀身をピカーっと光らせた。

『やた～～～～～～っっっ!!』

ちゃぶ台の上を鮮魚のようにびったんびったん跳ね回るアリアさん。

だから危ねえっつってんだろ。

『とうばつ！　とうばつじゃ～～!!』

とはいっても嬉しそうで何よりだ。散々めんどくさい聖剣だが、一番付き合いの長い戦友でもある。なんだかんだ彼女を大事に思ってはいるし、こうして喜んでいるのを見ていると素直に嬉しいものだ。

だが俺は一つだけ、きちんと告げなければならないことがあった。

「アンデッドですけどね」

『…………………………え？』

ピタっと動かなくなる聖剣さん。俺は再度口を開く。

「討伐対象はアンデッドです」

——ピシッ

キラキラしていた刀身が一瞬で灰色になり、ヒビが入った。物理的に。

そして聖剣アリアさんは、ワナワナと刀身を震わせて叫んだ。

『い～や～じゃ～～～っっっ!!』

俺は「まあまあ」と宥《なだ》めながら言う。

「アリアさん、そうおっしゃらずに……」

『ぜっっったい、い～や～～～っっ!!』

デパートで駄々をこねるガキのように、ちゃぶ台の上を転げまわる聖剣様。今更だけどお前どうやって動いてんの？　しばらく放置していたらキッとこちらを睨むように彼女が言う。

『お、おかしいと思ったのじゃ！　討伐嫌いの汝《なれ》が討伐するぞとか言うからっ！　我はおかしいと思ったのじゃ!!』

そう、生き物を斬ったり殺したりするのは本気で避けたいヘタレの俺だが、実はアンデッドを討伐する事には全く抵抗が無い。

なぜなら、彼らはもう死んでいるからで、意志も心もなく、生前の記憶を宿しているということも無い。そのことについては散々調べたし、実際に色々と確認したから間違いない。

何より彼らは悲鳴を上げない。

魔獣だろうが害獣だろうが何だろうが、生き物が痛い時に上げる悲鳴。俺はそれを聞くことで猛烈な罪悪感と嫌悪感に襲われてしまう。頭ではこいつを殺さないと、もっと多くの人が傷つくことになるとわかっていても、悲鳴を聞くとダメなのだ。

偽善者だと罵《ののし》りたいなら好きにすればいいさ。とにかくダメなものはダメなのだ。

「でも受けちゃったし、仕事なんだから討伐に行きますよ」

『イヤ!! 何で聖剣たる我が、アンデッドなぞ斬らねばならんのじゃっ!!』

「いや、アンタそもそも、対アンデッド強化属性でしょうよ」

うぅぅ～っ! と涙目で唸る少女を見たような気がした。

俺は以前から気になっていたことを、いい機会だと思い聞いてみる。

「ていうかさ、何でアンデッド討伐が嫌いなのさ?」

よくぞ聞いてくれたとばかりにアリアが語り出す。

『だって! 我は剣じゃろ? 剣以前に女じゃし? 身だしなみにも気を付ける派じゃし、尽くしたいけど大事にもされたい微妙な乙女心っていうか? その我が腐った相手に使われてくちゃいのが我に付くと、なんか使い手が触りたくないから我にやらせてるみたいで嫌っていうか、大事にされてる感が無いし、そういう輩に限って剣をとっかえひっかえするんじゃ!! 我は便利な道具扱いされたくないっていうか、一人の女の子として扱ってほしいと言うかっ! な、な、わかるじゃろ!?』

だからわかんねーって言ってんだろ。

十字教経典にも、強く気高く美しく優しく献身的で慎み深い崇高な淑女の魂が、聖剣アリアに宿っている的な事が記されているらしいが、それはいったいどこのアリア様なのか。少なくともウチのアリアさんじゃない事だけは間違い無かった。

憤り始めたアリアさんは止まらない。刀身をギラつかせながら攻撃的口調で語り出す。

『それに斬っても血が噴き出ないし！　硬い骨だけの連中とかもいるし！　刺さってもズルってなっちゃうし！　腐ってるし、くちゃいし！　硬いのばっかりで痛い我！　汚される我！　ああっ、でもそれは、それで、いいかも、あ、あ、あああぁ〜っ！』

ドＭだった。

ドン引きする俺をよそに、わけのわからん妄言を喚き散らすアリア様。

ガリガリと精神を削られた俺は、既視感を覚えながらも、癒しを求めてベッドの上のノリちゃんに視線を移す。ノリちゃんは、くーくーと可愛い寝息を立てていた。ノリかわいいよノリ。

俺はアリアを放置して無言でベッドに入る。

『お昼寝は我も一緒じゃ！』

プンスカするアリアさんを、溜め息つきながら布団に入れてやった。

『我、なんか楽しみになってきた！』

無邪気なアリアさんのセリフに「そうだな」と返す。

そして今度時間がある時にでも、いい病院に連れて行こう。そう考えて俺は、お昼寝タイムに突入した。

◆幕間◆

冒険者ギルド。

切り開く力を象徴する「剣」と、国家、都市、権益団体、その他全てのコミュニティからの中立及び不干渉を顕す「天秤」を象《かたど》った紋章を掲げる巨大組織。

各国各支部合わせた予算はそこらの小国を軽く上回り、誰からも縛られぬその力は、とてつもなく強大だ。

だからこそ、その力の矛先は正しく定められる必要がある。

人々の生活向上や、生命の安全に寄与することが最大にして唯一の目的である我らは、普段は身分や貴賤を問わず、人々から広く依頼を受け、冒険者として登録した者たちへそれらの依頼を斡旋する。

そうすることで直接的・間接的に人々の安寧を守り、時には勝ち取ることでその本分を全《まっと》うするのだ。

だが、我々にはそんな表向きの仕事とは別に、その組織特性上、別の役割も求められている。

情報の収集及び拡散。いわば裏の仕事だ。

冒険者ギルドほど、各国に万遍無くその拠点を置く組織など、大陸中どこを探しても存在しない。

必然として地域から受動的に吸い上がる情報。各支部の人材による能動的情報収集。冒険者に対する出入国審査手続きの優遇。各支部間を洩れなく網羅する伝達魔法網。どれもが唯一無二の情報インフラを構成している。

体制だけではなく、実際の話としてどの国の諜報部よりも冒険者ギルドが、早く、正確に、情報を入手出来ることは純然たる事実なのだ。

そして今回、上層部から降りてきた調査〝命令〟。

――イサオ・イガワの身辺調査。

気が付く範囲で冒険者の身辺情報を収集するのは職員の義務でもある。会話を通じてでもいいし、会話の盗み聞きでもいい。各国に一定レベルの身分保障をしているのだから、その責任を担保することも必要なのだ。

だが私は、その命令書の中身を確認して眉を顰《ひそ》めた。

ギルド権限による潜入許可まで発動されている。いったいこれはどういうことだろうか。

確かに私は彼の事なら、他の職員よりはほんのちょっとだけ知っている。

弟の命の恩人でもある彼は、今から１２４４日前にフラリとこの街にやって来て、それから４５０日後にまたどこかへ行ったと思ったら、16日後、今度は竜の赤ちゃんを連れてこの街へと帰って来た。それから現在までここゼプツィールでランクDの冒険者として活動している。

最近まで、討伐系は強制依頼以外で受託したことが無く、雑務系ばかりを行い、依頼主からの評判はすこぶる良く、指名で依頼をしてくる依頼主も少なくない。

マルルッカ通り23番地、築121年2階建てアパートの202号室で幼い竜と一緒に暮らし、毎朝、近所の人気店「サイキルパ」で『もっちり白パンハムサンド』を購入し、幼竜と仲良く食べながらギルドに向かう。依頼はいつも夕方前までに終わらせ、デル青果店で野菜を買い、カイル精肉店で肉の切れ端を買ってから、またサイキルパでパンを購入して家へと戻る。ちなみに昨日はアスパラとブロッコリーとベーコンの炒め物がメインディッシュだった模様。

毎週、黒星の日は斜向かいの女性が経営する食堂で幼竜と一緒に食事をし、その女将であるシエルさんとは家族ぐるみで付き合いがあるようだ。

そして白星の日は、幼竜を郊外の霊泉へ見送って、数十分してから緑地公園へ散歩に向かい、近所の人妻クルスさんとベンチで談笑をし、たまに公園在住のメルトさんより相談を受け、弟の稽古をつけてから幼竜が戻る頃に帰宅する。

家を訪ねる者は基本的に大家のみで、たまに上り込んで何かをやっていることがある。

大家以外に女の影は無し。いや……、近頃公園で談笑する人妻クルスさんの、彼を見る目が怪しいし、なにより最近、あの女が……っ。

まあいい。Sランカーだろうが殺り様はいくらでもある。

それより今回の調査についてだ。これが私に回ってきたということは、ただ知っている彼の情報を報告しろというだけの話ではあるまい。

各ギルドに数人は必ず配置されている、能動的情報工作のスペシャリストたち。

普段は事務やガイド、試験官等をしているが、それらは仮の姿だ。私もその中の一人であり、本職は隠密工作であって『笑顔を絶やさない人気受付嬢』は、その隠れ蓑に過ぎないのだ。

その私に潜入許可が発動されているということは、要するに彼の家に忍び込み、情報を収集せよということに他ならない。

仕事だからとはいえ、知り合いの家に潜入するなど、願っても無いチャン……心苦しいことだが、致し方ないことだ。

しかし、なぜ彼が？　とは思う。

彼が「特別な何かを持っているな」とは正直前々から思っていた。これだけ多くの冒険者と対面で接していたら、ある程度の事は見ただけでわかる様になってしまうものだ。

だが、とてもじゃないが彼が危険な人物で、監視が必要だとは私には思えない。

彼は極めて善良、温厚な青年で、トラブルは避け、困っている人を助け、小さい子にも優しくて、微笑みを絶やさない、冒険者の中では珍しいタイプだし、なんか見てると可愛くて健気でほっぺたスベスベででも意外に体はガッシリしてて女顔なのにたまに男の顔をする時があってそれは超カッコよくて見てるだけでキュンってなるっていうか正直ジュンってなってるしもう彼とやらかしたい……っ！

私は顎に手を当て首をひねる。

なんだっけ？

ああそうだ。確かに裏仕事伝いでの噂は流れて来ていた。

先日捕縛された盗賊が、口を揃えて彼を化け物だと怯えていたというし、立ち会ったらしいブラックウインドのリーダーもそれ以来、彼と接触しないことに全力を上げているフシはある。

それについ昨日も、最近話題のレストラン「カナリヤ」で尋常じゃない規模の魔力爆発があり、そこに彼は居合わせていたのだという。

だが私にとっては、あの女と家族よろしく丸テーブルに三人並んでご飯を食べていたという事実のほうがよっぽど重要だ。

「潜入するしかないわね……」

誓おう。冒険者ギルド・ゼプツェン支部ゼプツィール隠密工作班班長マイラ・レガースの名に懸けて、この潜入任務を成功させると。

あの女が彼の家に上がったことはないが、それらしい素振りを見せていることは間違いないし、絶対無いとは思うが、あの大家のババアが彼に色目を使っていないとは限らないし、っていうか彼の部屋に上がっておいて何も仕掛けないハズが無いし、それらしい何かがあるのならば、キッチリババアを殺すことがきっとギルドのために、延《ひ》いてはそれが無辜《むこ》の人々の生命と財産を守ることに繋がっていくはずだ。

探るのだ。潜入して、女の痕跡を徹底的に探るのだ。

ちょうど今さっき、個人的な〝草〟から、彼の家にカイナッツォ家の執事が訪れ、彼を連れ出したとの報告が入っている。おそらく仕事の話をするため、カイナッツォ家に数時間は滞在するハズ。

「支部長、装備Eを申請します」

「い、いや、マイラ君……装備Eは、その……敵性地潜入用装備じゃなか――」

「これは戦争です」

＊　　＊

私は今、イサオさんの部屋の前にいる。

当たり前だがここに来るまで足音など立てるわけもない。

ドアのカギを一瞥。

だめですよイサオさん！　こんなセキュリティーじゃ！

こんな旧式タイプのカギだったら、あなたがいない時にどこぞの変態に侵入されたっておかしくないですよ！　何て言うんだったたっけそういう下種《げす》のこと……そう！　ストーカー！

どうするんですか！　そんな頭のおかしいストーカーとかに付き纏われないか私は心配ですイサ

オさん！

すごく心配になったが、今は任務中でそんなことを考えている余裕はない。後でさりげなく助言してあげよう。

そう思いながら私は鍵穴に器具を突っ込んで2秒でカギを開けた。

イサオさんが家では靴を脱ぐ人だというのは知っていたので、私もそれに倣《なら》い靴を脱ぐ。人の気配はしない。

軽く見渡すと、いつもイサオさんが作業や遠征に使っているブーツが玄関にぽつんと置かれていることに気付く。今日は人と会うための外出だから、きっと軽装で行ったのだろう。

とりあえず私はしゃがんでそのブーツを手に取ると調査を開始した。

ス〜ハ〜　ス〜ハ〜　ス〜〜〜〜〜〜〜〜〜〜っ

あ、ああっ！　これがっ！　これがイサオさんのっ!!

きっと私はその時、陶然とした表情をしていたと思う。なぜなら私は腰が砕け、無様にもへたり込んでしまったからだ。

マズイ、玄関を調査しただけでこの体たらく。こんなことでは任務を完遂出来るはずが無い。

私は自身を叱咤すると、断腸の思いで靴を元に戻す。帰りにもう一度堪能していこう。

後ろ髪引かれる思いで短い廊下を歩き、室内へ。

一言でいうと殺風景な部屋だった。でも、ちょっと変わっている。

床には見たことも無い分厚い干し草のカーペットが敷かれ（これがイサオさんの言っていた『タタミ』だろうか……）、その上には低い円形の机。そしてベッドが置かれているだけ。

椅子は無いから、この干し草カーペットの上に直接座るのだろう。

唯一飾り気らしきものといえば、部屋の隅に置かれた、女の子が好きそうなデザインと装飾の剣立て。そして立てられた剣。いつもイサオさんが腰に下げている剣だ。

私はぐるりと部屋を見渡して、調査の優先順位を決める。

ベッドが怪しかった。

私はおもむろにベッドに横たわると、毛布を頭からかぶった。

す～は～す～は～クンカクンカす～は～クンカクンカ…………

「あぁぁぁ～～～～っ！　もうっ、もうっ！　超す～～ご～～い～～っ！　何コレ！　ねえ何コレ～～！　どうするんですか!!　どうするんで～す～か～、も～～～～あああああああああああああああああああああああああああああああああああああああ～～～～っ！」

私はベッドの上を全力で転がりまわった。

「超すごい！　超イサオさんの匂いがするんですけどっ！　あ、ああもう、ちょっとヤバイ、ホントヤバイ！　持って帰れないかなあコレ……。ねえダメ!?　持って帰っちゃだ〜め〜で〜す〜か〜〜〜〜っ！」

マズイ。このままだとこの誘惑に勝てず、潜入に失敗してしまう。ちょっと落ち着こう、深呼吸、深呼吸が必要だ。

私は毛布を被ったまま立ち上がり、玄関へ走るとブーツを口元へ持っていって深呼吸をした。

徐々に呼吸が安定し、気持ちが落ち着いてくる。体も何か軽くなった気がする。

どうやらイサオさんのブーツには癒し効果があるらしかった。

「すごい魔導具ですね……」

私は、「作業ブーツが魔導具」と手帳にメモしてから部屋に戻る。

そして壁にかけてあった作業用の上着を羽織ってみた。

「え、ヤダ、これちょっと……スゴイ……」

いくら綺麗に洗濯しても、長年染みついた汗と、本人の体臭は落ちるモノではない。そんな作業着を羽織ることで、まるでイサオさんに後ろから抱きしめられているかのような錯覚に陥った。

自慢でも何でもなく事実として言うと、私はゼプツィールギルド人気、仕事量ナンバー1の受付嬢だ。

カウンターの向こうで楚々《そそ》と佇み、柔らかな笑みを絶やさず、問い合わせには丁寧に応え、冒険者を待たせない様、ゆったりと、しかしテキパキと事務をこなし、対応に困っている後輩を助け、上司との連携も怠らない。

ギルド内、ことカウンター内において、私はマイラ・レガースではなく、冒険者達が想像する受付嬢マイラという偶像だ。

マイラ嬢はこうあるべきという理想像を忠実になぞるアバターだ。

だからマイラ嬢は汚い言葉も使わないし、極端な話、排泄行為だってしないのだ。そういう存在であろうと日々努力をしている。

そう、だからそんなマイラ嬢が欲情するようなことなど絶対にあってはならないことなのだ。

だが正直もう、我慢も限界に近かった。

これだけ条件が揃ってもなお、マイラ嬢で居続けなければならないのだとしたら、もうそれは拷問ではないか。

私は、上着を羽織ったままベッドに潜り込んで毛布を被ると、下半身に手を伸ば――、

『何やってんのじゃ……?』


声が聞こえた。

私は飛び起きて、周りを見回す。だが誰もいないし、やはり人の気配もしない。

「気のせいか……」

『おぬし、見てるととんでもない変態じゃぞ……？』

やはり聞こえた。女の声が……。


オンナノ、コエ、ガ……。


「……出てきて下さい。殺します、この部屋に存在する女は、全て殺します」

私が殺気を撒き散らしながら周囲を警戒していると、なぜか、立てかけてある剣から声がする。

『我は女じゃが剣じゃぞ』

「い、インテリジェンスソード……っ！」

どうして古代の遺物をイサオさんが……。

ただ者ではないと思っていたけど、いつも腰に下げている剣がインテリジェンスソードだったなんて……。

『どこかで見たと思っていたら、ギルドの受付をしている牛女ではないか』

どうする、持ち去るか、破壊するか。いや、そこまでしてしまうと後々面倒なことになってしまう。

しかし、見られたのは失敗だった。このままではギルドが彼を調査していることがバレ、不信感を与えてしまう。どうしたらいい……。

　私は歯ぎしりしながら拳を握りしめる。

『何か警戒しとるようじゃが、おぬしに敵意は無さそうなので、まあどこかで落とし所をつけてやってもよいぞ』

　渡りに船だった。というより向こうの提案に乗るしか選択肢はなさそうだ。

　私はまだ警戒を解かずに問いかける。

「……何が望みですか」

　すると剣は、どこかションボリした様子で語り出す。

『まず、我の事を誰にも話さないのはわかるな？　イサオが困るぞ？』

「それは、わかります……」

『よろしい。実はな、最近、我のお肌の調子がよろしくなくてな……』

　そうして彼女がポツリポツリと語った内容を要約すると、あの女、オルテナ・レーヴァンテインのプルプルお肌を見て、悔しくなったらしく、負けないために良い手入れ油を教えて欲しいとのことだった。

　私もあの女には煮え湯を飲まされているので、彼女に協力するのはやぶさかではない。二つ返事で応じても何ら問題は無かった。

　だが、今日の事を口外されないようにするためには、逆にこちらが一歩踏み込み協力関係を築いた方が得策であるように思えた。明確な利害関係があったほうが物事は長続きするものだ。

だから私は彼女に語りかける。

「わかりましたが、こちらもお願いがあります」

『……なんじゃ？』

「イサオさんが普段何をやっているか、何をやったかについて、話せる範囲で教えてもらえませんか？　出来れば今後とも。私も随時、良い情報をもってきましょう。私にとってもあの女は敵です。協力しませんか？」

『おお！　それはいい案じゃ！　我も協力するぞ！』

「ではまずこちらから、ツミカグラ油という油がありましてね……」


その後も色々なやり取りをしたが、結果的に私は中長期的な情報源を獲得した。

これは公私両面からとてつもなく大きい成果と言える。

私はギルドに帰ると、約束通り、彼女のことを伏せて報告書を作成し支部長に提出した。

なぜか支部長が引き気味の笑顔で労ってくれたのが気になるが、まあ問題ない。

私はカウンターに戻ると、冒険者たちが望む私の姿に変身する。

有象無象が相変わらず私を口説きにくるが、その全てを優しく受け流す。

なぜならば私はマイラ・レガースであって、マイラ嬢ではないからだ。

ふっと窓の外に目をやってみる。

――マイラさんがちゃんと笑ってたの見たこと無いわ～。

そう言った彼はきっと同じ空の下、今日も必死に走り回っているだろう。

自然と笑みが浮かびあがる。人としての感情なんてもう一欠片《かけら》も残っていないと思っていたのに、一体私はどうしてしまったんだろう。

「まあ、いいです」

わからない事は置いておこう。確実に言えることは、今、私がとてもドキドキしているという事だけ。ならばそのドキドキを楽しまなきゃ損だ、そう最近は素直に思う。

ふふ、今日も頑張りますよイサオさん。

私はゆっくり視線を戻し、依頼の説明を始めた。

◆9◆

カッポカッポ馬車で街道を北へ。

今のところ何もなく、いたって平和なのんびり旅だ。

くあ～っと、ノリちゃんが欠伸を一つ。

「あるじー　ノリなー　ねむいかも……」

「寝ててもいいいんだよ？」

「ふぃぃ～」

まだまだ幼いノリちゃんは、寝ることも重要な仕事だ。

俺は横でウトウトするノリちゃんを優しく撫でて目を細める。

亡者の大空洞は、ゼプツィールの北門より馬車で半日、徒歩で一日と、意外なほど近くにある。

これほど近くにダンジョンがあるにもかかわらず、危機感も無く本格的な討伐がなされないのは、理由が三つある。

一つはダンジョンランクが低いこと、二つ目は何よりもアンデッドが大空洞の外に出てこないから。

そもそも怨念で生まれたわけではないアンデッドたちは、人を襲うという行動指針があるわけでもなく、近くに人がいたとしても、どちらかというと襲われない事の方が多かったりする。

土地勘無く、雨風凌ぎに迷い込んだ冒険者にとっては可哀想なことになってしまったりもするが、放っておいても危なくないのだったら、目の色変えて危険を冒す必要も無いと言えば無いのかもしれない。

何より重要なのは三つ目の理由だったりする。矛盾するかもしれないが、正直言って多少は危険でないと困るのだ。

ヒカリゴケは亡者の大空洞にしか生育しない天然資源で、ゼプツィールの特産品だ。

確かにアンデッドは斃《たお》しても一定期間でまた復活するが、その一定期間の間、誰でも出入り出来るようになった結果、乱獲されて絶滅しましたでは目も当てられない。

そのことを知っているからこそ、街の人間もアンデッドを放置しても特に文句は言わないのだ。

「それにしても平和だな～」

俺は完全にこっくりこっくりしだしたノリちゃんを見て癒されつつ、前方に視線を向ける。

ここからだと、はるか前方を行くクルルちゃんは豆粒くらいの大きさにしか見えなかった。

打ち合わせ通りだと、今クルルちゃんと一緒に歩いているのは、もう一人の受託者のはずだ。この距離だと誰だかはわからないが、背格好から男だろうと予想をする。

そいつは偶然を装って道中にクルルちゃんと即席パーティーを組み、彼女をさりげなく護衛して、洞窟近くで別れる（フリをする）。というのが今回の旅程だった。

本来なら俺も偶然を装って合流し、道中の護衛をするよう要請されていたのだが、俺は彼女をどこかで見たような覚えがあるため、念のため顔を見られない様、遠くから周囲を警戒することになったのだ。

ベルトさんの話によると、実はクルルちゃんが大空洞に向かうのは三度目らしい。

一度目は道中、オークの集団と遭遇し人生初の魔獣との戦闘。健闘するも逃走した。

二度目はなんとか大空洞近くまで行ったものの、初めての遠征で野営道具を持ってくることを思いつかなかったのか、運悪く降った雨を凌げず、体調を崩し引き返すことを余儀なくされる。

今日は三度目の正直といったところか。

護衛と協力してではあるが、彼女も時々現れる魔獣を屠《ほふ》っては何事も無かったように大空洞に向かっている。背に背負ったリュックもパンパンで、入念な準備をしてきたことが窺《うかが》えた。

「意外にけっこう強いんだな……」

ランクE程度の力量はありそうだった。

12歳の貴族の娘、何よりあの超絶親バカの娘だ。甘やかされて、こういうことは一切出来ないのではないかと不安だったが、どうやら杞憂だったようだ。

親がダメだと子供がしっかりするという話は、どうやら本当らしかった。

明確に視認されない距離から護衛をするとはいえ、やはり出来るだけカモフラージュはするに越したことは無い。

そこで俺たちは行商に行く商人に扮《ふん》して、のんびり馬車での北上となっていた。

今日の夕方には大空洞に到着し、おそらく近くで野営をして、明日大空洞に入ることになるだろう。

少し暇だなあと欠伸をした時、反対方向から来ていた、馬に乗ったカッコイイ女冒険者とすれ違う。

軽く会釈をした時、隣から「わあぁぁぁ♪」という声がした。

いつの間にか起きていたノリちゃんが、それはもうおめめをキラッキラさせ女冒険者を見ていた。

「ノリちゃん、そんなにキラキラしちゃってどうしたの？　もちろんいつもキラキラ輝いてるけど」

ノリちゃんがおめめをキラキラさせると、可愛さ5割増しになる。

5割増しと聞くと、そんな大したこと無いように聞こえるかもしれないが、元の攻撃力が半端なく高いため、いつも彼女のそばにいる俺ですらクラクラするのだ。

無双モードのノリちゃん（輝）は、俺を見ると嬉しそうに言った。

「あんなー　ノリもなー　おうまさんにのってみたいです！」

「御意」

俺は馬車を下り、ノリちゃんを優しく掴んで、馬車を引く馬の背中にちょこんと乗っける。

うんしょうんしょと乗り心地の良い体勢を探し、馬の背中からずりずりと首元まで移動するノリちゃん。

馬は馬で、一瞬驚いたように首をこちらに向けるが、背中に乗っているのが特に害の無さそうな小さい生き物であることを確認し、また何事も無かったように歩き出す。

ノリちゃんは微妙に上下する馬の首に縋《すが》り付いてキャッキャキャッキャッと大喜びだ。

「おうまさん、ノリだよ！　おうまさんはー？」

「ヒヒーン！」

ノリちゃんは歌う。頭を左右に振りながら。


――ふーんふふーんふ　おうまさ～ん⤴⤴⤴　ひひーんひひーん　おうまさん～⤵⤵⤵♪


人は知らない。

それは仕方のないことなのかも知れなかった。

街から離れ、周りは荒れ地、申し訳程度の草木が生え、剝き出しの岩は風雨に晒され角もない。目に麗しいものなど何もない。

ここは街道。寂れた小道。ただすれ違う人の人生が、ただ無機質に交錯する。ただそれだけのそんな場所。何もない。何も起きない。特別なことなどあるはずがない。

だが、確かに俺は見たのだ。

だから俺はそれを知ること叶わぬ憐れな人々のために、弁明しなければならなかった。

そう、こんな場所に天使が降臨するなど……。

「一体誰が想像できるっ！」

右手に浮かび上がるは古《いにしえ》の御業。

俺は持ちうる身体能力の全てを活かし、天使に全方位写激を敢行した。

「はーいノリちゃんこっち！　こっち向いてねー……、はいっそこっ！　そこで……はいっ！　はい、いいねー！　ノリちゃんいいよ～！」

数百回に及ぶ魔力行使の末、俺は気付いてしまう。

〝下アングル斜め25度前方からの角度がベストだ！〟

俺はおもむろに地面に横たわると、下から天使を狙った。

「ああ!!　ノリちゃ～⤴⤴⤴ん！　ノリちゃぐべぇ――――」

馬車に轢《ひ》かれた。

だが俺はめげずにすぐさま起き上がると、再度同じポジションをキープする。

タイミングはわかっている。轢かれる前に逃げればいい話だ。それさえわかっていれば同じことを繰り返すほど俺は愚かではない。

「ああ!!　ノリちゃ～⤴⤴⤴ん！　ノリちゃぁぁああげべぇ――――」

また轢かれた。

俺は驚愕する。何てことだ！

ノリちゃんが可愛すぎて、体がこのポジションを離れることを拒否するのだ。

俺は今後の事を考え、今の教訓を脳内のノリちゃんあるあるに追加する。

〝ノリちゃんが可愛すぎて俺が危ない〟

一仕事終えた俺は、服を払って土を落とすと御者台に戻る。

そしてすぐに耐えられなくなり、馬車を降りてノリちゃんが乗る馬と並んで歩きだした。

てくてくカッポカッポキャッキャキャッキャッ

＊　＊

大空洞前。

クルルちゃんは近くの広場で野営をしていた。

同行していた受託者は、一つ手前の分かれ道をマイヤーズ領方面に行くという名目で既に離れている。

不気味に口を広げる大空洞は、行き慣れている俺にとっては別に何でもないが、クルルちゃんには結構怖いんじゃないかと思う。

中に入るとなればそれは尚更だ。

ゼプツィールの多くの冒険者は、ここの内部構造やコケが生えやすい場所、アンデッドが集まりやすい場所を大まかに把握しているが、彼女はそうではない。

冒険者にとっては割のいい気楽な仕事であっても、クルルちゃんにとっては大冒険に違いない。

俺は甘やかすつもりはないが、それでも彼女が将来、子供に語って聞かせるであろう若かりし頃の最初の冒険譚を、なんとか無事に終わらせてあげたいと素直に思う。

明日、俺も潜ることになるのだが、念のため露払いはしておくべきだ。

ノリちゃんがぐっすり寝ていることを確認してから、気付かれない様、高速で大空洞に近づいて侵入する。途中で光源魔法を使い奥へと急いだ。

中は「大空洞」と呼ばれるだけあって、少し進むとかなりの空間が広がる洞窟だ。

この体育館2個や3個ではきかない空間が、いくつも存在し、枝分かれするようにして奥へと続く。

そんな思いっきり武器を振り回しても絶対大丈夫な空間と言えども、俺が攻撃魔法を使うととんでもないことになってしまう。

「アリア、今からある程度間引きをするよ、悪いけど付き合ってくれ」

『最後の一文だけもう一度言って欲しいのじゃ』

軽く言ってみようかなとも思ったが、この聖剣の性格上、何か人生に重いものを背負わされそうな気がしたのでやめておく。

膨れるアリアを宥めながら歩を進め、三つ目の空間に差し掛かった時、何やら見たことがある人物がアンデッドと戦っていた。

「マジどんくらい間引けばいいかわかんねーしー……あ！　イサオちゃんじゃね？　マジパねぇ！　マジイサオちゃんじゃ～ん！」

チャラ男だった。

マジイサオってなんだよ。

◆10◆

「あ！　イサオちゃんじゃね？　マジパねぇ！　マジイサオちゃんじゃ〜ん！」

チャラ男だった。

マジイサオってなんだよ。

反射的に少しだけ警戒を強めた俺を見て、チャラ男が少し悲しそうな顔をした。

ちょっと可哀想だったかなとも思ったが、ある意味しょうがない。

街から離れた場所で同業者と出会う。

悲しいがこれは、魔獣と出会うよりも警戒しなければならないシチュエーションなのだ。

定期的に衛兵が巡回している街道ならまだしも、低ランクとはいえダンジョンともなるとその危険度は跳ね上がる。

力が全ての冒険者稼業。

格下の冒険者が、自分より良い装備を持っていたらどう思うだろうか。

普段から気に入らない奴だったらどう思うだろうか。

可愛い女の子を連れていたらどう思うだろうか。

街で出会ったなら凄んでみたり、ちょっかいをかけるだけで済むだろう。人の目もあれば警邏《けいら》の者だって巡回している。

だが、それがもしダンジョンだったらどうだ？

魔獣が徘徊し、死と隣り合わせの場所で、毎回無事に帰ってこられるとは限らない場所で、1日も経つと死体すら残らないような場所で、そんな場所で出会ったのだとしたらどうだ？

残念ながら答えは決まっている。

だから冒険者達は、ダンジョンで同業者と会うと警戒するのが普通だ。いきなりヘラヘラと声をかけてきたチャラ男のほうがおかしいのだ。

「オレ今マジヘコみ系です。マジショックでマジ泣き系。っつーかオレらダチだべ？」

「いや、友達じゃないし」

最近やたらグイグイくるので、ここいらではっきりさせとこうと思って言ってみた。ていうかそもそもこいつは加工予定の仕掛品なので友達でもなんでもないのだ。

するとチャラ男は、チェキラ！　みたいな感じで俺を指すと言い放った。

「つか〜ら〜の〜〜⤴⤴？」

何なんだ、お前は。

召喚された日本人とかじゃないよね？

俺はもしやと気になって、チャラ男をまじまじと見てみる。

そこら辺をうろうろしているアンデッドを気にもしない彼は、見た感じ歳は俺と同じくらいだろう。モンゴロイドとコーカソイドの中間くらいの顔立ち。悔しいがイケメンだ。

どこか嘘くさい金髪は、全体的になんかモフっと捻じれており、ヘアーワックスでも使っているかのようにルーズなスタイリッシュをアレしている。

植物油以外の整髪料が無いこの世界で、一体どうやってこの髪型を維持しているのか。

肌もどこか嘘くさい小麦色で、健康的、自然的に日焼けした色とは言い難い。昔、同級生にＵＶＡをこよなく愛する、お生がお好きな、おさせの女の子がいたが、彼女と同じ肌の色だ。

日焼けマシーン以前に電気すらないこの世界で、一体どうやったらこんなにこんがり香ばしい感じになれるのだ。

肌の色はこの世界でも差別の根拠に成り得るので、あまり突っ込むのはよくないと思うが、それでも気になったので聞いてみる。

「あのさあ、あんた元々肌は白い人種でしょ？　どうやって肌を焼いてんの？」

「えっ、マジそこに気付くの？　イサオちゃん超ヤベーんだけどっ！　ヤバくね？　っつーかマジヤベェし」

やべーのはお前の頭だ。

俺はあまりに頭の悪い喋り方にイライラして話を打ち切ろうとした。

「まあ、別に言いたくなかったらいいや。じゃあ俺はそろそろ――」

「待ってよイサオちゃ～ん。別にマジ隠すことでもなんでもねえし、っつーかさぁ、オレ、マジ光属性の使い手でさぁ、光をいじっちゃったりラクショーっつーかマジで〜。紫色の光がマジ効くから、これガチな！」

驚くところは三つある。

一つ目は、「光」は女神が魔法使って作ってるとか真剣に言っちゃってるこの異世界で、紫外線のみを選《よ》り分けるという異端技術を確立してしまった目の前のバカについて。

もう一つは、美白が尊ばれるこの異世界で、その技術をただ肌を焼くためだけに使ってしまうバカの傾き具合について。

そして何より、そのバカが「光属性魔法」の使い手であることについて、だ。

大陸随一の宗教である十字教。

彼らは光の女神アラウネを唯一神と崇め、その教えを大陸中へと広げている。

そして、その女神の加護とされる光属性魔法、通称「聖魔法」の使い手は、今も昔も極めて少ない。

威力も威光も強い聖魔法を使えるということは神に愛されているということであって、大昔から平民だろうが奴隷だろうが、大抵はすぐに身分の高い者に召し抱えられてきた。

結果として、権力者たちに集約される聖魔法の使い手。そうやって権力の裏付けとして彼らは祭り上げられては歴史に埋もれていった。

聖魔法が使える。

現代において、それが意味することはほぼ例外なく高位の権力が背景にあるということだ。

「お前……、そんなこと俺に言って大丈夫なのか？　聖魔法が使える意味、わかってるだろ？」

呆れ半分、心配半分で尋ねる俺。だが俺はチャラ男を舐めていたことを思い知る。

「え？　っつーかノリさんだってマジ超高位種ジョートー系なんだから、マジおあいこでよくね？」

二の句が告げられない。俺の周りの人間は皆、ノリちゃんを「礼儀正しい可愛い竜の子供」程度にしか認識していなかったので、完全に油断していた。そういえばコイツは最初からノリちゃんが高位種であることに気付いていたのだった。

ごまかそうとも思ったが、チャラ男の「当たり前の事何言ってんの？」といった口調に、コイツは確信の域に達していると判断する。

一瞬でMAXに達する警戒心。俺は自分でも驚くほどの低い声で問いかけた。

「……貴様誰に聞いた、誰に言った……。答えによってはお前を――」

「YO！　っマ〜ジオレのこと黙っててく一れたら♪　っマジお前のこと黙ってるぅアァ〜イっ!?」

胸の前で腕を交差させる系の、ジョジョ立ちをするチャラ男。

今のラップ、マジキマってたっしょ？　と言わんばかりのドヤ顔に、俺は信じられないくらいイラっとした。

「いや、マジオレだけ秘密知っててダチがマジオレの秘密知らねーとか無いっしょーマジで」

何てこと無いようにあっけらかんと笑顔を見せるチャラ男が、ずかずかと俺に歩み寄って、ガシっと肩を組む。

そして呆然とする俺の胸をコツンと叩き言った。

「これね、ＷｉｎＷｉｎっつーからマジ覚えといて」

不意打ちだった。叩かれた胸から、何か温かいものが広がったような気がした。

なんだろうか、一瞬で頭を駆け巡る過去の記憶。部活の県大会で強豪校に勝ち、仲間と抱き合った時の気持ち。同じ高校に合格した親友と、拳と拳をぶつけてカッコつけた時の気持ち。

甘いのだろうか。

冒険者ほどヤクザな商売なんて無い。

気に入らなければ暴れ、欲しいものは奪い取る。手に入った小金は全てあぶく銭。今良けりゃ全て良いといった刹那的な連中の吹き溜まり、それが冒険者だ。

ヤツも俺も同じ穴のムジナであって、結局お互いロクなもんじゃないはずだ。

そんなロクでもない同業者に、追憶の煌めきを重ねてしまったロクでもない俺。

それは俺の甘さなのだろうか。

きっとそうなんだろうとは思う。

こちらの世界で冒険者なんざをやっていて、損得無しに付き合える友人を望むには、この世界はあまりにも容赦がなく、そして優しくない。

だからといってそんな繋がりを求めるのは間違ってることなのだろうか。

俺はそうは思わない。

俺はどこに出しても恥ずかしくない尊敬する両親に育てられ、貫くべき道義や倫理を教わった。

「正直者が泣きを見るとしても正直に生きろ」と言われ続けた17年間。俺の背骨となった価値観は、異世界に来たからと言って簡単に揺るぎはしない。

「い、いや……、俺は、その、ダチはともかく……だ、黙ってて、やるよ……」

「イサオちゃんマジ照れウケるんすけどｗｗｗ」

「うっせチャラ男」

長々と回りくどく考えたものの、今の気持ちは結局一つに集約される。

嬉しいのだ。

甘いというより、寂しがり屋だな。俺は苦笑する。

だから俺はここ数年言ったことも無いセリフを吐いたのだ。

「あ、あの、その……チャラ男、お、お前の名前なんつーの？」

「は？」

素で「お前マジ何言っちゃってんの？」的な感じで驚くチャラ男。

「え、イサオちゃん、マジさっきからオレのニックネーム呼んでんだけど」

「は？」

今度は俺が、お前何言っちゃってんの？的な感じで驚いた。

何？　この世界にもチャラ男って言葉あんの？

「ええーマジ！　オレマジショックだわー、オレ的マジショック！　どんくらいショックかっつったらマジ超ショック！」

「え？　え？　え？」

焦る俺に、チャラ男は唐突に、ウィッシュ!!的なポーズを決めて言い放つ。

「オレの名前はチャラウォード・カラドボルグ。チャラオって呼ばれてる系だから」

先天的なチャラ男でした。

◆11◆

「ふえぇぇぇ～～」

「あ、ノリちゃんおはよう」

空が白み始めるころ、俺は寝床に戻ってきた。チャラ男と一緒に大空洞内の間引きを済ませてきたのだ。

多分そうだろうなとは思っていたが、今回の依頼、もう一人の受託者とはチャラ男のことだった。オーク討伐の時もそうだったが、あの親バカ親父が純粋に腕の立つ者をと選んだだけはあってチャラ男は強い。斥候職とは言いながらも、迫撃におけるセンスはかなりのものだった。

不安要素は潰したし、護衛の詳細についても打ち合わせをした。それに遠目で見ていたが、彼女の剣の腕前もなかなかのものだという。

きっと大丈夫だ。後はイレギュラーなアンデッドの流れだけを離れたエリアから抑制すれば、きっと彼女はヒカリゴケを手に、大冒険をハッピーエンドで終えられる。

「ノリちゃん、もう少し寝てても大丈夫だよ」

「ふぁああい」

後は彼女が出発するのを待つだけだ。

精度がイマイチの光源魔法のせいか、限られた視界の中、おずおずと進んでいくクルルちゃん。水滴が落ちる音にも反応し「誰っ！」と涙声になる怖がり様だ。

そりゃ怖いだろうと思う。こんな暗い洞窟を12歳の女の子が一人で行くのだ。高校のキャンプでの肝試しなんてレベルではない。それに実際、この世界にはお化けがいるから尚の事。

へっぴり腰で剣を前に突き出しながら、アヒルみたいに歩く姿は微笑ましくもあった。

ノリちゃんも暗いところが苦手なため、今日は外でお留守番だ。きっとお馬さんに歌を聞かせて待ってくれているだろう。

＊　＊

亡者の大空洞。コケが群生する洞窟最奥のフロアには入口が二つあり、ルートも二つ存在する。

彼女が今行っているルートは遠回りのルートだ。だとしても地図も経験も無い彼女があっちこっち迷いながら進んでいるのだから贅沢は言えまい。

クルルちゃんはアンデッドが現れては「キャー！」と悲鳴を上げて逃げ回っていたが、いかんせん向こうは足も遅いし敵意も無い。昨日の間引きがやっぱり効いていて、囲まれるような事態にもならなかった。

そうして彼女はかなり時間をかけてだが洞窟最奥へと到着する。広大な空間一面にヒカリゴケが

密生し、淡く揺らめく光が幻想的なエリアだ。

「素敵……」

彼女は見たことも無い光景に感動しているようだった。俺も初めてここに来た時は、こんな美しい光景があるのかと呆気にとられたものだ。

中にアンデッドがいないこともあり、まるで散歩のようにあちこちを歩き回ってコケを見ては嬉しそうに微笑むクルルちゃん。

俺には極罪《ごくざい》たる炉利の趣味は無いが、それでも幻想的な空間を、まるで妖精のように歩き回る彼女はとても可愛らしかった。まあ親バカになってしまうのもわからないでもない。

俺とチャラ男はそんな微笑ましい光景を、エリアの入口から見守っていたのだが、チャラ男がヤッべと舌打ちをする。

俺は「どうした？」と振り返ろうとした時に舌打ちの意味を知った。

こちらから見れば右側の壁にあるもう一つの入口、そこから二人組の冒険者が入ってきた。

おそらくはクルルちゃんと同じくヒカリゴケを採取しに来たのだろう。ボリボリと頭を掻きながらダルそうに歩いている。ダンジョンで冒険者とカチ合うことの危険性は知っての通りだ。いざとなったら俺達が何とかするし、俺ならば遠くから気付かれないよう、撃退することも出来る。

だが、いくらチャラ男がいい奴だとしても、あまり俺の特殊な魔法などは見られたくない。出来れば何事も無く終わって欲しい。

俺は祈るような気持ちで様子を覗った。

だが、やはり現実は優しくない。

「イサオちゃん、やべえよ。あいつらマジドーガ兄弟だ」

「マジでドーガ兄弟なのか、マジドーガ兄弟なのかはっきりしてくれ……！」

「ドーガ兄弟だからマジで、マジ聞いたことあるっしょ？」

あいつらか……。

耳に入ってくる噂はロクでもないものばかりだ。

強いものに媚《こ》び、弱いものを虐げ、どこでどんな女とヤったかというのが生涯のステータスだと勘違いし、弱い魔獣を討伐しては小銭を稼ぎ、飲み屋で飲んだくれる。そんな正しく典型的な〝冒険者〟だ。

ランクはEで、別に強いわけでもなんでもない。しかし不幸なことに彼女は単なる12歳の女の子だ。

ドーガ兄弟がダルそうにあたりを見回してクルルちゃんの存在に気付く。そしてやはり懸念の通り、クルルちゃんに近づいていった。遠目でよくわからないが、彼らの顔はグチャっと喜悦に歪んでいるはずだ。

「チャラ男、準備はしておけよ」

「ったりめーっしょ」

美しい光景に見惚《みと》れていたクルルちゃんだったが、剣呑な空気を感じたのだろうか、振り向いてドーガ兄弟を確認すると一瞬顔を強張らせる。

そして、彼らの顔つきに気付き、早歩きでその場を離れようとしたら、一人に回り込まれてしまった。

クルルちゃんは強気に眉を跳ね上げ、勇敢にも声を上げた。

「何か用？　そこをどきなさい！」

それが虚勢であることはここから見ても明白だ。

間近にいるドーガ兄弟にもそれがわからないはずはないのだ。きっとクルルちゃんの膝は震えてるに違いなかった。

するとそんな彼女を嘲笑《あざわら》うように、ドーガ兄弟が野卑な笑い声を上げる。

「そ、そこをどきなさいって言ってるのが聞こえないの！」

再度声を上げるも、声が完全に裏返ってしまっていた。

俺は思う。世の中を知らなすぎる……。

商人でも戦士でも狩人でもいい。本来、少しでも外での経験があるならば、この現場、この状況なら、回り込まれた時点で剣を抜くべきなのだ。それもせずにただ声を上げるだけなど、私は素人ですと公言しているようなものだ。

「そこをどきなさい！　だってよー、ギャハハハハ！」

「そう言ってやんなよ。すぐに、お願いだからどかないで！　って言いたくなるんだからよぉ」

「ちげぇねえな！　ギャーハハハハ！」

男たちが下品に腰を振りながらクルルちゃんに近づくと、剣を抜こうとした彼女の腕をガシっと掴んだ。

「痛い！　離してっ！」

「なぁに、お嬢ちゃんのすべきことは三つしかねえ、簡単だぜぇ？　脱ぐ、そこに手をつく、ケツをこっちに向ける、な？　簡単だろう？」

「別に喘ぐのは禁止しねぇから安心しなぁ」

クルルちゃんは既に顔面蒼白で、ガタガタ震えることしか出来ない。

頃合いだった。彼女一人で解決出来る道はもう完全に閉ざされている。

俺はチャラ男に目で合図して飛び出そうとした、その時だった。


――お前ら何やってんだ！　クルルから離れろっ！


怒声。

声変わりするかしないかといった少年特有のアルトボイス。残念ながら迫力などは微塵も無い。

だがそれは間違いなく、少年ではなく「男」が発する怒りの声だった。

そしてその少年を俺は知っている。なぜなら……、

「ドット！」

歓喜に咽《むせ》び泣くクルルちゃん。

そう、駆けつけたのは毎週白星の日に剣を合わせる俺の弟子、わんぱく坊主のドットだった。

つい先日、稽古をつけてやった可愛い弟子の声を忘れるわけが無い。

「待ってろ、今助けてやる！」

整った顔を怒りに染めて、ドットが気勢を上げた。

きっと心に張っていた何かが切れたのだと思う。「くしゃっ」とクルルちゃんの顔が歪む。

「ドッドぉ、ど、どうじでここに……」

「口ひげの爺さんから、お前が本気で一人でここに行ったって聞いて飛んできたんだ！」

「ばがぁ……っ！　ドッドのばがぁっ！」

もう彼女は自分でも何を言っているかわからないのだろう。あまりに大きな歓喜の津波に襲われた彼女の顔は情けなく歪み、行き場を失った激情が目から噴き出るように溢れ出す。

「べ、別に助けでなんて……ひぐっ、私は、うぅ、言ってないんだがらぁっ！」

ツンデレもここまで貫けると大したものだ。男の俺には貞操を狙われる恐怖など分かるわけもないが、本当に怖かったのだろうと思う。

そこで俺は気付いた。

クルルちゃんをテラスで見た時、どこかで見たことある子だなと思ったが、何のことはない。

毎週ドットの稽古の時にコソコソ覗きに来て、最終的に「あらドット、偶然ね」とかスカした顔で言ってお帰りになられる例のお嬢様じゃないか。

誰だってメイドを従えたふわふわドレスのお嬢様が、まさかフル装備で剣をブン回すなんて思いもしない。それにそもそも俺は人の顔を覚えるのが苦手なのだ。

「死にたくなきゃすっこんでな王子様」

そんな二人に対して嗜虐的な笑みを浮かべる大人二人。

チャラ男に目をやると、ガラにもなく相当焦っているようだった。そりゃそうだ、可愛い女の子ならまだしも、ドットは男の子。普通に考えたら生かして帰して貰えるわけがないではないか。

いくらランクがEだとしても相手は武装した大人二人、毛も生え揃ってない貧相なチビガキが勝てるわけがないと誰だって思う。

「マジヤベェってイサオちゃん！　オレたちも出なきゃアイツマジ殺さ――」

「まあ待てよ、チャラ男」

俺は一人落ち着いていた。帰り支度すら始めようとしていた。

なぜなら俺は知っているからだ。

「大丈夫だ、アイツは大丈夫だよ、負けないって」

「ちょ、マジそんなこと言ってる場合じゃ――」

――ギィン！


視線を戻すと既に剣戟《けんげき》が始まっていた。

俺は弟子の動きに目を細める。そうだ、それでいい。

ドットが持つのは小ぶりのショートソード。力まかせに振り回しても大人には軽くいなされてしまう。振り回したところで防具を切り裂く力も無い。だからドットは振り回さない。

敵が上段から振り下ろす斬撃を、握りを遊ばせ斜めに構えた剣で受け流す。金属が擦れるシャランと澄んだ音色と同時に、流された剣が勢い余って地面に刺さった。

直後、剣を斜めにしたまま、ドットは低く低く、さらに低く強く踏み込み、ドーガAの横を駆け抜ける。数瞬後、バックリ裂けたドーガAの腿からピュッピュッと断続的に血が噴き出した。

噴き出す自身の血を見て初めて痛みを感じたのか、幾分呆けてから患部を押さえて転げまわる。

「ああ！　あああ痛ぇ！　痛ぇぇぇえっ!!」

「ガキが！　望み通り殺してやる！」

クルルちゃんをドンと突き飛ばして剣を構えるドーガB。

ドットは足を止めず、剣を振りかぶりながらに全力でドーガBに接近。

接触直前、到底剣が届き得ない距離で剣を振りおろし、そして「投げ」た。

それと同時に腰のホルスターからナイフを引き抜き、つんのめる様に前に飛ぶ。

突如飛んできた剣に焦り、体を縮こめたドーガBの横を、ドットは転がる様に通り過ぎる。ドーガBのふくらはぎがブルンとピンク色の肉を剝き出しにして、やはり断続的に血を噴出させていた。

ドーガBが奇声を上げながらくずおれる。ドットがそれを見下ろして言った。

「足を縛ってからすぐに戻って治療しないと命はないぞっ！」

「殺してやる！　テメェ、クソガキが……っ！　絶対殺してやるからなっ！」

「二人とも顔を覚えたぞちくしょう！　ぶっ殺してやる！」

罵詈雑言を撒き散らして凄む大人二人は、這《は》い蹲《つくば》らされてもなお、どちらに非があるかなど、顧《かえり》みもしないようだ。

俺が静かにガッツポーズをしながら横を見ると、驚きで目を丸くしているチャラ男。

視線を戻すと、足を引きずりながら入口から退散していくドーガ兄弟を、ドットが拳を震わせ睨み付けていた。

俺はそれを見て、少しだけ誇らしい気持ちになる。

「それでいいドット、お前は殺すな……」

絶対に殺すなとは言わない。

価値観云々を論じたところで、この世界において不殺を貫くことが如何に難しい事か、俺は痛いほどに知っているからだ。だが今はその時じゃない。

知り合いが襲われ、思うところも色々あるだろう。顔を覚えられて、報復を宣言されて、死ぬほど不安だろう。女の子の前でチビってしまわないよう震えを堪えるのに必死だろう。

それでも殺すな。お前は汚れるな。

なぜならば、残念ながらここから先は……、

――俺たち大人の時間だ。


「さて、マジチャチャっとやっちゃう系でイサオちゃん」

「ああ、行くか」

フロアに背を向けると、わーんと泣きだすクルルちゃんの声が背中に届く。何でこんな無茶したんだと、怒鳴りつけるドットの声も。

あとは任せても大丈夫だろう。

ベルトさんが発狂しかねない事になるかも知れないが、正直そこまで知ったこっちゃない。俺達の仕事はあくまでクルルちゃんの護衛であって、彼女に危害が及ばないアレコレを、止める義務も無ければ権利も無い。

そしてやっぱりこういう状況、この期に及んでも俺は奴らを殺さないと思う。

だが奴らはウチの弟子の「顔を覚えた」と言った。ウチの弟子を「殺してやる」と言った。

ならば受託者として、彼の師匠として、可愛い弟子の顔を奴らに忘れて貰わなければ困るし、殺さないと言ってもらわなければ小心者の俺は安心して夜も眠れない。

それに、テメーで撒き散らかしたクソはテメーでキッチリ拭いてもらわないと、締まる話も締まらないではないか。

「さーて、思い知らせてやりますかー」

「イサオちゃんマジ切れモードウケルしｗｗｗ」

何より、今はノリちゃんがいない。自業自得だが運の無い連中だ。

俺達は「ふふっ」と互いに笑いあうと、凶悪に顔を歪めて歩き出した。

◆
12
◆

「おお？　何だ？　今日はやけに打ち込みが鋭いな、何かあったのか？」

「何にも無いっす――――よっ！」

ヒュッと空《くう》を切る小さい棒切れ。

白星の日。今日も俺は近所の緑地公園でドットの鍛練をしている。

「そうだ。ナイフの使い方を工夫しろ。まだちんまいお前は、剣で有効打を与えられないと考えろ」

あの後、俺たちはドーガ兄弟を、ちょっと攫《さら》ってちょっと奥へ連れて行き、ちょっと強めのお願いをした。

そしたら文字通り血涙を流しながら子供たちに手を出さないと誓ってくれたので、ちゃんとお帰り頂いた。

あまりに熱心に理解を示してくれたから傷口を焼いて止血という破格のサービスまでしてあげたのだ。俺たちも大概慈悲深い。

「剣は手打ちでいい、剥き出しの部位を狙え。間違っても力技には走るなよ」

体が出来ていないドットにはまだ対魔獣戦の戦い方は教えていない。魔獣戦ともなると、型も剣技も対人で通じる常識も何も関係なくなってしまう。生物レベルでの理《ことわり》が違うのだから当然の話だが、人間の子供が立ち向かうにはあまりにも危険だ。

ここは、漫画の主人公みたいに過酷な試練を乗り越えたら無双出来るような甘い世界ではない。レベルアップなんて概念もなければＨＰ《ヒットポイント》という概念だってないし、どんな屈強な騎士だろうと、運と当たり所が悪ければゴブリンの棍棒で簡単に死ねる、ここはそんな世界だ。

だから俺は、対魔獣戦は徐々に経験を積ませ、段階的に教えていく予定だった。どうしようもない場合を除き、魔獣と戦うことを俺は厳禁していたのだ。

俺は布を巻いた木剣をわざと大きく振りかぶり、ドットに打ち下ろす。すると、ドットはそれを躱して、棒切れではなく、木剣のほうで袈裟がけで俺に切りかかる。

俺はその木剣を軽く打ち払い、ドットの首に剣を突き付けた。

「……参りました」

「お前の腕力で袈裟がけに斬って革鎧や金属鎧を切り裂けるのか？　何故ナイフで関節を狙わなかった？」

「そ、それは……っ！」

ビクッと身を強張らせるドット。可哀想だが俺は言わなくてはならない。

今回は上手くいったとしても、次はどうだ？　その次は？

彼は良くも悪くも子供だ。今の実力でも低位の魔獣は十分倒せると気付いた時、生来の立ち止まることを良しとしない、熱く真っ直ぐなその性格が、いつしか引き返せない程の窮地に彼を追いやるだろう。

その時俺が傍にいるなら問題など無い。だがいつも俺が近くにいてやれるはずなど無い。俺はヒーローでもなんでもないんだ。

「ドット、お前、魔獣と戦ったな……？」

「――っ！」

大空洞を進む過程で、アンデッドと少なくない戦闘をこなしたはずだった。

歯を食いしばり、俯くドット。俺は何か自分が悪者のように感じて少々ヘコんでしまう。だがこれは必要な事だと思った。

「何か言い訳はあるのか？」

「……ありません」

俺は厳しい顔を崩さず問い詰めるが、内心は褒めてやりたい気持ちでいっぱいだった。ドット、お前カッコいいよ。

「二度は許さないぞ……？」

怒る側にだって限界はある。

フッと表情を緩めて見たドットは、え？　という何ともマヌケな顔をしていた。

「本当に次は思いっきり怒るからな？　まあ、ちょっと休憩にしよう」

俺は未だ呆けているドットの横に腰を下ろし、彼の腕を引っ張って座らせる。

ドットは今回の事でどこか凛々しくなり、そこ等辺にいるちんまいガキは、ちんまい少年へと変貌を遂げていた。

俺はニヤニヤしながら意地悪く尋ねる。

「おい。ところでさ、いつも冷やかしにくる女の子、お前に気があるんじゃねーの？」

ちょっと周りを見渡せば視界の片隅、木の陰に隠れ、いつものようにこちらをコソコソ覗っている少女がいる。

いつもは手ぶらでメイドを従え、こちらの様子を覗うだけの彼女だが、今日は何やらバスケットなどをその細い腕にぶら下げている。そしてその遥か後ろに、ドス黒い特濃の怨念を携えブルブル震える父君が木の陰からこちらを見ていた。

キィィィ〜〜！　と擬音が聞こえるくらいハンカチを噛み締める父親が非常に滑稽だ。

「ははは、何言ってるんすか。貴族の女の子っすよ？　んなことあるわけないじゃないっすか」

心の底から、何を言ってるんだ？　とばかりの表情のドットに俺は絶句する。

お前、あれだけスキスキ光線出されても気付かんのか。俺は、あの日、洞窟入口でのことを思い出していた。

＊　＊

ドットにクルルのことを伝えた口髭の爺さんは、彼に馬まで貸し与え、「頑張って下さい」と、どこかに消えたのだと言う。

まったく、なかなか粋な執事の爺さんだ。

帰路、馬に乗る前、大空洞入口での二人の会話は、近くで隠れていた俺たちの耳にも入っていた。


――べ、別に頼んだわけじゃないけど一応感謝しておくわ。

――ちょ、調子に乗んないでよね！　平民のあなたなんかが気になるわけじゃないんだからねっ！

――あんたが、もし、もしなりたいんだったら、あたしの騎士にしてあげてもいいわ！　一生あたしについてくるのを許してあげる！　感謝しなさいよね！


彼女なりの渾身の一撃だったのだろう。だがドットはそれら全てを「俺は冒険者になるから別にいいよｗ」の一言で切り捨てた。

聞いていて可哀想なほど空振りを続けるクルルちゃん。健気な彼女はその後もツンデレ街道をひた走り、その全てにことごとく空振りして見せた。


――あたし、将来、今回の冒険のことを子供に聞かせると思うの。きっとドットと私の子供ゴニヨゴニョゴニョ……。

妄想全開な彼女に、完全試合を達成した小さな勇者は無慈悲に言い放つ。

「え？　何だって？」

ハーレム系主人公だった。

見ていてイライラするほど鈍感&難聴なドット。

静かにしろって言ってんのに『女の敵じゃ！』と、声を荒らげるアリアを宥めるのが大変だった。

道中は、また遠くから護衛をしていたので、細かいやり取りなどはわからなかったが、二人で一頭の馬に乗って帰った事と、前に座るクルルちゃんがずっと真っ赤になって俯いていた事だけはよくわかった。

＊　　＊

俺は呆れながら訊ねる。

「お前さ、ホントそう思ってんの？」

「俺、女の子に好かれた事なんて一度も無いっすもん。正直モテたいっす」

「お前、いつか女に刺されるぞ」

将来間違いなくイケメンになるだろう少年の綺麗な横顔を見ながら、俺は溜め息をついた。

クルルちゃんも大変だな。

クルルちゃん本人にはバレないように、木の陰からこちらの様子をチラチラ覗う彼女を見てみる。

えいっと一歩踏み出しては、出した足を戻しウンウン唸っている。いつだって最初の一歩には勇気がいるものなのだ。背中を押してあげたい気もするが、きっと彼女はそれほど弱くない。

「ホント、儘《まま》ならねえな……」

突き抜けるような蒼穹を仰いで俺は苦笑する。

リア充ばくはつしろと常日頃思っている俺だが、年若いお姫様と、ちょっと頼りない王子様の逢瀬を邪魔するほど無粋な男ではないつもりだ。

俺は立ち上がると「用事があるから今日はここまでな」と告げ、少しびっくりした表情のドットに構わずさっさと歩き出した。

昼ドラの寝取られ女よろしく怨念を垂れ流す御父上、その横に控える老執事に目で合図。意地悪く片頰を吊り上げる老執事を見て、あんたもカッコいいねと思う。

背後でクルルちゃんが動き出す気配を感じた。すぐに「あ、あら偶然ね！　さ、さらに偶然なんだけどサンドイッチがあるの……！」という声が聞こえてくる。

俺は振り返らない。なぜならば、ここから先は俺の物語ではないからだ。

頑張れよ、独りごちて歩を進める。邪魔者はコソコソと退散するのみだ。

それに俺は俺でやることがある。毎週白星はシチューの日なのだ。霊泉に行っているノリちゃんが帰ってくるまでに準備を済ませなければ、俺のお姫様が悲しい顔をするではないか。

「さーて、今日は奮発するかな～」

＊　＊

こうして、クルルちゃんの大冒険は無事に幕を閉じる。

元の世界には「可愛い子には旅をさせろ」なんて言葉があった。

だが、この世界にそんな事を言う人はいない。道端に転がるか、下種共の慰み者になるか、そんな残酷な結末しか想像が出来ないからだ。だからベルトさんは俺たちを雇ったし、俺だって受託した。

そんな世界の片隅でなされた、たった2日間の少女の旅。

傍から見たら、底辺冒険者が毎日こなすような、そんな他愛も無いたった2日の旅路が、彼女にとっては大冒険だったに違いない。

そしてたった数日。一皮剝け、ガキから少年へと凛々しく変貌したドットの横顔を俺は忘れない。

きっと彼にとっても大冒険だったのだ。

俺にもそんな時があったのだろうかと、次元の壁に阻まれ会うこと叶わぬ家族に想いを馳せる。

とうちゃん、俺、弟子に偉そうなこと抜かすくらいには元気にやってるぜ。

かあちゃん、俺、竜の子供を育ててるんだ。

言いたいこともたくさんあるし、それは向こうだって同じことだろう。

寂しくはある。だけど俺はもう下を向くのはやめたんだ。

儘ならない俺の人生。俺にはさっぱり来ない春とか、先に弟子に来た春とか、ホント俺の人生どうなってんだよと思う。だけど俺にはノリちゃんがいる。アリアもいるしオルテナもいる。可愛い弟子もいるし友達だって出来たんだ。

大家にはサッパリ勝てないけども、俺はやっぱり幸せだ。

だからきっと単なる愚痴なんだよ。

これは――、

一喜一憂、日々交々。浮いて沈んで、沈んで浮いて。

そんなどうしようもない俺たちの、小さな小さな大冒険の物語。

◆プロローグ◆

私には彼が眩しかった。

知っている。子供が売り買いされるこの世界で、何不自由なく育った私は恵まれていると。

私が小さい頃にお母様は亡くなってしまったけれど、お父様はその分も私を愛してくれていると。

だから不満などあるはずもない。足りないものなどあるはずがなかった。

だけど、全力で笑い全力で怒り、毎日を飛び跳ねて過ごしている、そんな少しだけ頼りない少年を見た時、私は少しだけ、ほんの少しだけ羨ましいと思った。

きっかけなど些細なことだった。

広場で遊んでいる子供たちを眺めていたら、急にこっちへ来た彼が「お前も見てないでこっちきて遊ぼうぜ!」と私の腕をとったのだ。

当初、平民は無礼だわ! と憤っていた私だったが、みんなと泥まみれになって遊ぶうちに、そんな事は忘れてしまった。

私たちは毎日遊んだ。初めて出来た友達は、私が貴族だと知っても笑顔で迎え入れてくれた。

そんなある日、散歩に出かけた先で偶然彼に出会う。

彼は、貧相な大人の平民相手に、汗だくになって真剣な顔で剣を振るっていた。いつもは無邪気に笑い転げている彼が見せる男の顔。私は彼が眩しかった。そして言い様も無い焦燥感に襲われた。

——私も何かやらなくては！

何かに真剣に打ち込む彼を見て、置いて行かれるのではないかと急に怖くなったのだと思う。

だが、何かをしようと急に思いついたところでやりたい事が見つかるはずもない。だからとりあえず私も彼と同じ剣術を学ぶことにした。

騎士の家であるカイナッツォ家。剣術を学びたいと言うと、お父様は大喜びで教師をつけてくれた。

そうやって、彼と別々に剣術を磨いて1年が経ったある日、彼とちょっとした口論をした。

そして彼の口から飛び出た難題。彼が本気で言っていないことはわかっていた。だからこそ私は本気になった。どうしても、眩しい彼と並びたいと思ったのだ。

そうして目指した亡者の大空洞最奥。

2回は失敗し、悔しい思いもしたけれど、それでも私は到達した。

目の前には息を呑むような美しい光景が広がっていた。

私にだって出来た！　私は初めて自分の意志でやりたい事を成し遂げた！　これできっと彼だって認めてくれる！

有頂天だった。

そこが危険なダンジョンであることも忘れ、ただ無防備にはしゃいでいた。

だから遅れた。

どうしようもないところまで追い込まれて、初めて自分が危険に晒されていることを知った。

足が震えた。舐めるような粘つく視線に吐き気がこみ上げた。獣のようにギラつく目に腰が抜けそうになった。

腕を摑む大人の男の圧倒的な力。私はその先を想像し絶望した。

ガチガチと鳴る歯、行き過ぎた恐怖で流れることも忘れた涙。


「お前ら何やってんだ！　クルルから離れろっ！」

圧倒的質量で押し寄せる狂喜。

それからしばらくの事を、私は覚えていない。

気がついた時には、私は彼に縋り付いて泣きじゃくっていたのだ。

何でこんな無茶なことをしたんだ！　彼は言った。

ごべんなざい……。私は言った。

二度とこんなことをするなと言った彼は、私の手を引き大空洞の外まで連れて行く。そして二人で一緒の馬に乗ると街へと向かった。

道中、何とか彼に感謝の気持ちを伝えようとするも、背中に感じる彼の体温が燃えるように熱くて、私はただ俯くことしか出来なかった。


そして今日、少し離れた先、声が拾える程度には近い公園広場で汗を流す彼。

少しすると、怒気を孕《はら》んだ声が聞こえる。

「ドット、お前、魔獣と戦ったな……？」

私は震えた。彼が怒られる！　私のせいで……っ！

やめて！　怒らないで！　ドットは私を助けるために戦ってくれたの！

私は、もし彼が酷く怒られるならば、飛び出そうと思っていた。

貴族である私が、平民の前で頭を地面に擦り付けて、叱らないでと懇願しようと思った。

だが、何とかそうはならなかったようで、しばらくして立ち去る彼の師匠。

私は何て声をかけようか迷っていた。

年頃の貴族の娘が、自分で作ったサンドイッチ片手に、男に会いに行く。

その客観的な事実が、私の一歩をとてつもなく重くする。

別に彼が気になってるわけじゃない。

ただちょっとだけカッコいいとは思うし、手を繋ぐと火傷しそうになるほど体が熱くなるし、気が付くといつも彼を目で追ってるし、毎週彼の訓練を覗きに来てるし、彼に女の子が近づくと全力で妨害したりしてるし、彼との子供はきっと可愛いだろうなとも思うけど……。

断じて彼が気になるわけではない。す、すすす好きとかそんなんじゃない！

だけど私は踏み出せなかった。

大空洞まで一人で行く勇気があったのに、今、この瞬間、少し先に座る彼までの距離がとてつもなく長く険しいように感じるのだ。

だけど、私は行かなくちゃならない。だって私は決めたんだもの！

右足を上げる。下ろして地面を掻いた。

左足を出す。元の位置に戻した。

勇気が欲しい。

この一歩が。何の変哲も無いこの一歩が。きっと私の物語の始まりなんだ。

だからお願い。今度こそ……、

私は大きく息を吸った。

勇気を振り絞って一歩踏み出す。二歩目は驚くほど軽かった。ゆっくり。優雅に。優美に。そう、その調子。私らしく。堂々と。負けてなんていられない。

「あ、あら偶然ね！　さ、さらに偶然なんだけどサンドイッチがあるの……！」

びっくりするほど声が裏返ったけど、問題は無いはずだ。

だって……、

「おお！　ハラ減ってたんだ！　クルルありがとな！　一緒に食おうぜ！」

だって、彼は笑ってくれたものっ！


こうして私の大冒険は始まった。

確かに大人たちから見たら、今回、大空洞へ行ったことこそが大冒険だったように映るだろう。

だけどそうじゃない。

彼を遠くから見つめることしか出来なかった私が、今日ここで、木の陰から踏み出したその一歩こそが私にとっては大事なのだ。

今でも遥か向こうをひた走る目の前の彼。きっと彼は止まらない。

そんな彼と並ぶためには、チンタラ歩いてたって間に合うわけがないじゃない。

嬉しそうにサンドイッチを摑む彼を見て、今に見てなさいよ、と不敵に笑う。

結末なんて知らない。だけどそんなことは関係ない。

そうよ！

やりたいことをやっと見つけたんだもの！

私は走り始めたんだもの！

だって、私、クルルの大冒険はきっと……、

――ここから始まるんだからっ！

「……不味っ！」
「なんですってっ！」

ノリちゃんの大変身

◆1◆

10月生まれの俺は、夏が嫌いだった。

ひと夏のアバンチュールとか夏の想い出とか。キャッチフレーズや歌詞でも夏を想起させる標語が巷《ちまた》に溢れ、それらほとんどが企業が仕掛ける経済戦略であることを薄々感じながらも、その波に乗って、または理由にして夏という季節を楽しむ。そんな自由な国で育ちながらも、やはり俺は暑いのは苦手だったのだ。

陽炎《かげろう》が立ち上る様なグラウンドで、ゲロ吐きながら野球に全てを捧げておいて何を今更と思われるかも知れない。高校野球の聖地の聖なる季節は、やはり夏ど真ん中もど真ん中であったのだから。

ベッドに腰掛けていた俺は、そんな益体も無い事を考えながら、しとしとと振る雨を窓から眺めていた。

「やっと夏も終わりかあ……」

誰に向けたわけでも無く呟いた言葉は、すぐに雨音に掻き消された。

この街に4年近くも住んでいれば季節の流れもある程度は読める様になる。

比較的涼しい気候であるところのゼプツェンだが、それでも夏は茹《う》だる様な熱気が街を包み、昼は果汁水、夜はエールが飛ぶように売れる。

そして干ばつを心配するほど夏に雨が降らないこの地域は、その終わりごろになってようやく恵みの雨を大地に齎《もたら》し、大地は実りの秋に向けて最後の補給を行うのだ。穀物の生育環境としては最高に近いと聞いたことがある。

「今日は一段と涼しいな。今年はノリちゃん大丈夫かな……」

俺は、未だベッドで「すぴー」と可愛い寝息を立てる我が家の天使に視線を向けた。

今年で3回目の秋を迎えるノリちゃん。

神竜という、この世界において『神』の名を冠する超高位種であるにもかかわらず、幼さからまだ体の調節が利かないのか、実は彼女は季節の変わり目が苦手なのだ。ちなみに花粉も苦手だったりする。

心配になってノリちゃんの寝顔を眺めていると、彼女は唐突に、にへらっと顔を緩ませた。もちろん俺の顔もにへらっと緩んだ。きっと楽しい夢を見ているに違いない。

「さて、と。今日は時間もあるし、朝ごはんの準備でもするか……」

俺はノリちゃんを起こさないように立ち上がるとキッチンに向かう。

異世界における井川家の朝食は、家で食べるのとサイキルパで買うのとで半々だ。依頼を受けにギルドに向かう時は、サイキルパで買ったパンをノリちゃんとパクつきながら歩くことが多いし、依頼をこなすため現場に向かう日は家で食べる事が多い。

今日は特に予定も無く依頼を受けて準備に充《あ》てるつもりの日なのだが、あいにくの雨という事もあって、家でゆっくり朝食を摂《と》るつもりだ。

キッチンといっても上水道の無いこのアパートで出来る事は限られている。野菜を洗うのもスープを作るのも、飲んでも大丈夫な水が無ければ思う様に料理が作れないのは想像に難くない。

だが俺はその道で生きてきた魔道士なら嫉妬と羨望で身を焦がすであろうレベルのチート野郎だったりするので、ぶっちゃけ上水道の有無とかは関係ない。

そもそも毎日風呂を沸かしておきながら、水周りで苦労するはずも無いのだ。

「っと。こんなもんかな」

といっても、まめでもない男の料理でもあるので、朝ごはんと言っても簡単なものばかりだ。千切った野菜。くず肉とキャベツのスープ。そしてサイキルパの看板メニュー『もっちり白パン』。これで全部だ。本当は目玉焼きがあれば最高なのだが、卵は高いので普段は中々手が出せない。

「ノリちゃーん、朝ごはん出来たよ～」

ベッドの上で丸くなっていたノリちゃんが、うにゃうにゃっと起き上がる。そしてそのまま目元をゴシゴシすると、くわぁ～っと大きな欠伸《あくび》をした。

「ノリちゃんおはよう！」

「ふい～　あるじおはようございます」

まだ寝惚け眼《まなこ》のまま、条件反射的にコクリと頭を下げるノリちゃん。

「ノリちゃん、朝ごはん出来たから顔洗っておいで～」

「かお、おかお……　あらう……？」

するとノリちゃんは再度目をゴシゴシしながら、何かを探す様に周囲を見渡す。そして、ハッと気付いたように俺を見た。

「――はっ！　あ、あるじ！　しちゅーくんはどこですか!?　ノリ、さっきまでしちゅーくんとあそんでました！」

何でもかんでも無節操に擬人化してしまい、驚きと畏怖を込めて「あいつら未来に生きてやがる」と評された我らが日本人であるが、ウチの天使は齢2歳にしてシチューを擬人化してしまったらしかった。天才である。

そしてどうやら、さっき『にへらっ』と顔を緩ませたのは、夢でシチュー君と楽しく遊んでいたかららしい。

首を傾げながらシチュー君を捜すノリちゃんが非常に可愛らしいのだが、俺にはちょっとだけ気になっていることがあった。

「の、ノリちゃん、シチュー君っていうのは、アレなの？　男の子なのかなぁ……？」

べ、別にノリちゃんのお友達を選別するつもりはない。

いかに保護者と言えども、子供の交友関係に口を出すほど俺は愚かではないし、そのへんの分別くらい若造の俺にだってある。

だが……、ちょっと、ちょっとだけ思うんですけど、ノリちゃんが男の子と遊ぶのは、は、早いんじゃないかなあ……。

「うんとなー　ノリわからんけどなー　シチューをくれました。いっしょに『しちゅーのうた』をうたいました！」


――しっちゅう　しっちゅう　きょーはしちゅ～♪


起き抜けにお遊戯を始めるノリちゃん。あまりの天使力に目が潰れそうになった。今回だけは見逃してやろうシチュー君よ。

「うんうん。今度あるじ、シチュー作るから今は朝ごはん食べようね？」

「はーい！」

元気に右手を上げて顔を洗いに風呂場へ向かうノリちゃんを微笑《ほほえ》ましく見守っていると、突然ノリちゃんが廊下手前で立ち止まる。そして俺が、どうしたのかなと首を傾げた時だった。

「く、くちゅん！」

「の、ノリちゃん！　大丈夫!?　風邪引いたの!?」

いきなりのくしゃみに焦った俺は、８畳の部屋だというのに『神足』（大出力移動魔法）を使ってノリちゃんに近づき額に手を添える。衝撃波が雨戸を揺らしたが今は関係無い。

「熱は……、無いみたいだな。ノリちゃん大丈夫？　寒かったり頭痛かったりしない？」

「うりゅ？　ノリだいじょぶだよ？」

ホッと胸を撫で下ろし、お風呂場まで一緒に手を繋いだ。

ノリちゃんが顔を洗っている間、俺は部屋に戻り、剣立てに立てかけられたアリアに一応「おはよう」と声をかけるが返事は無い。まだ寝ているようだった。

自称『夜型の女』であるウチのアホ剣《女》だが、いつも昼には騒ぎ出す所を見ると単に朝弱いだけだと思う。というかそもそも金属の分際で何故寝る。

溜め息をついていると顔を洗い終わったノリちゃんが帰って来たので、二人で「いただきます」と手を合わせてから朝食を食べ始めた。

食事中、夢の中でシチュー君とこんなことをした、こんな歌を歌ったと嬉しそうに話すノリちゃん。俺はどこか胸の中がモヤモヤしながら相槌を打つ。シチュー君と手を繋いでお遊戯した話の件《くだり》では、俺の中の阿修羅が虎視眈々と包丁を研いでいた。

そうして食事が終わり、食器を片づけようとした時、ノリちゃんが俺を見上げて口を開く。

「あるじー　きょうのよていはなんですか!?」

「今日の予定はねー、ギルドに行ってお仕事もらって準備しようかなと思ってるけど……。ノリちゃんは何かしたいことがあるのかな～?」

ここでいつもなら「あるじといっしょー」と答えが返ってくるので、当然そのつもりでいた俺だったのだが、もじもじしながら上目遣いでチラッチラッと俺を見上げるノリちゃんを見てちょっとだけ驚く。

「ノリちゃん、遠慮なんかしなくていいんだ。あるじに言ってごらん?」

俺はいたたまれない気持ちになって問いかけた。ノリちゃんはまだ2歳だ。毎日が『初めて』でいっぱいだろうし、目に入る全てが不思議に満ち溢れているハズだ。それなのにやりたい事一つ遠慮して口に出来ないのは、俺がそうさせてしまっている事に他ならない。

興味もやりたい事もたくさんある筈なのに、遠慮してそれが出来ないのであれば、俺は保護者失格以外の何物でもないと思う。

再度、言ってごらんとノリちゃんを促すと、彼女は少しだけ俯きがちに口を開いた。

「うんとなー　ノリなー　『とっくん』がしたいです……」

「『とっくん』……?」

予想外の言葉に、一瞬何の事かわからず首を傾げる。彼女と『とっくん』という言葉が結びつかず、言葉の覚え間違いをしてるのかなと思った。

しかしノリちゃんは、可愛いクリクリおめめに決意の炎を灯しながらこう言ったのだ。

「ノリなー　あるじをやくだつをしたいからなー　やっぱりなー　『せいあつ』のとっくんがしたいです！」

――からーん　ころーん

聞こえた。鐘の音が。

雨雲は一瞬で吹き飛び、天に広がるはどこまでも透明な青。

馥郁《ふくいく》たる風吹き、花びら舞い散る見渡す限りの大草原には、柔らかな陽光降り注ぐ。

鼓膜を心地よく叩くのは、祝福のラッパと大鐘楼の鐘の音。

見よ！　視線の先に在るあれは、神々の寝床へと繋がる虹の橋ではないか。

ああ！　どこだい!?　ノリちゃん、俺の天使。君は今どこにいるんだい!?　君の声で、その麗しい君の声で！　君の居場所を教えておくれ！

「あるじー　ノリはあるじをやくだつしたい」

俺の目は噴水になった。

気付けば俺は、元の殺風景な自室でノリちゃんに頬擦りをしていた。

「出来るさ！　きっと出来るっ！　だって君は俺の太陽なんだから……っ」

世界で一番健気で一番可愛いノリちゃんが、こんなにも頑張ろうとしている。富も地位も名誉も甲斐性も何も無い俺の為に頑張ろうとしているのだ。

働きアリの様に毎日仕事をしなくてはならないのが現実だとしても、彼女のこんなにもささやかな願いすら聞けないようならば、きっと俺に生きている価値など無い。

「むいーむいー　ノリがんばる！」

そうして俺は今日は仕事を休み、ノリちゃんと一緒に『せいあつ』の特訓をすることにしたのだ。

◆2◆

「さあノリちゃん始めるよっ！」

何度も言うが、ノリちゃんは神竜である。

そしてここは築121年のボロアパートである。

壁を叩けば壁ドンされ、床を叩けば全住民が飛び起きるという特殊構造を誇る8畳一間である。

彼女がこんなボロアパートの一室で力の制御の練習をする事に、正直一瞬躊躇しないでは無かったが、制御に失敗した時俺がカバー出来なければ結局どこでやろうと違いなど無い。彼女の持つ力はそんなスケールの小さいものではないのだ。

それに今日は雨だ。俺には広い場所を使う伝手など無いし、外でやろうものなら季節の変わり目に弱い我が家の天使が風邪をひいてしまうではないか。

「力を込める必要は無いよノリちゃん。君の力は膨大なんだ。範囲を限定してイメージを大切にしよう」

ふんふんと頷くノリちゃん。俺はキッチンからコップを持ってくると、窓の縁に置いた。

「じゃあ魔力肢で……ええと、手を使わないであのコップを持ち上げてみよう。食事の時と一緒さ」

普段から食事の時、手の短いノリちゃんは補助的に魔力肢を使いスプーンやフォークを扱う。魔力肢の使い方など教えたことも無ければ練習したわけでも無いのだが、気付いた時には彼女は当然の如く魔力肢を扱える様になっていた。もともと魔道的素養は飛び抜けているのだ。

ならばまずはその延長で出来る様になればいい。机の食べ物を取るのも、窓の縁にあるコップを取るのも、やっている事は変わらない。距離の問題でしかない。

「えいっ！」

ノリちゃんから、ふよ~んと伸びた魔力の筋が途中で霧散する。『手の延長』という範囲からは少し遠い距離の物を取る感覚がイマイチ摑めないらしい。組み上げるべき構成に魔力が足りていないのだ。

「えいっ！」

「もう一回やってみよう」

またしても途中で霧散する魔力。しょんぼりうなだれるノリちゃん。

彼女がいつも使っている範囲は数十センチ、コップまでの距離は4メートル弱といったところか。

魔力肢の構成は、魔力を流せば良いというわけではなく、三次元的構成をきちんと組まなければ上手く出来ない。いくら才能があろうとも、こればっかりは繰り返し感覚を覚えるしかないだろう。

「ノリちゃん、ほんのちょっとだけ力を流してみよう。本当にちょっとだけで大丈夫だよ」

「やってみる！」

キランっとノリちゃんの目が光る。直感的にヤバいと思った。

すると少しも魔力を練り上げる様子が無いのに、唐突に膨れあがるノリちゃんの魔力。

「――っ！」

文字通り瞬きする間の出来事で止める暇も無かった。窓を突き抜けシエルさん家の２階を突き破り、ギルドの屋根を掠めて、外壁までコップの破片が飛んで行くイメージが俺の脳裏を過《よぎ》る。大家に突き付けられるであろう請求書の文言までもが鮮明に見える。

「ノリちゃん待っ――」

間に合わない！　そう思った時だった。

何が俺達の味方をしたのかわからない。

普段の行いが良かったのか、それとも神が同族であるノリちゃんを助けようとしたのか、はたまた単なる偶然なのか、なぜ都合良くこんなことが起きたのかはわからない。

だが確かに俺が想像した結果は現実とならず、大家の暴虐に脅える未来もやってこなかったのだ。

「く、くちゅんっ！」

窓をぶち破る筈だった魔力肢の替わりに放たれたのはノリちゃんの可愛らしいくしゃみ。

普段なら思わず風邪を心配するところだが、俺は大いにホッとしてしまった。

だからなのだろうか、光が有れば闇が有る。そんなどの世界でも通用する普遍的な理屈に則《のっと》り、幸運が一週回ってとんでもないことが起きてしまったのだ。

——ボウンッ

8畳一間の閉ざされた空間に、そのアホみたいな音は唐突に響き渡った。

音の発生源に視線をやった俺は目を剝く。ノリちゃんがいた場所にもくもくと煙が立ち上っていたのだ。

「ノリちゃんっ！」

俺は焦って彼女に駆け寄る。

暴走だ。

ノリちゃんにとっては爪の先ほどでもない魔力だとしても、それは相対的な話であって絶対的な量は変わりはしない。

放たれるハズだった膨大な魔力がくしゃみによって行き場を無くし、ノリちゃん自身の体で作用することによって何らかの事故が起きてしまったのだ。

俺のせいだ。彼女のくしゃみに胸を撫で下ろしてしまったからバチがあたったのだ。

まだまだ未熟な彼女には早かったのだ。練習するにしても焦らず諭して、気兼ねすることなく練習できる場所でするべきだったのだ。体調も万全で、くしゃみなどしないような時に練習すべきだったのだ。背筋を上る焦燥と一緒にこみ上げた吐き気に、俺は軽くえずいた。

「ノリちゃん大丈夫っ!?」

自分をどれだけ責めても責め足りない。お願いだから無事でいてくれ。

俺はどうなったっていい。どんな苦痛を受けたって、どんな地獄に突き落とされたっていい。死ねと言われるなら死んでやる。だからお願いだ。ノリちゃんだけは……。

煙のせいでノリちゃんが見えない。焦りで頭が発火しそうなほど熱くなった。魔法で煙を払おうとした時、これもまた唐突に煙が晴れる。

晴れた煙の中から現れたソレを見た時、俺は驚愕に顎を落とした。

なぜならば、ソレは——、

「けほっ　けほっ」

「ちょ、え……？　あの、き、君は……？」

幼女だった。全裸の。

『通報』という二文字が俺の頭の中を躍りに躍る。あまりの事態に混乱してよくわからないが、とにかく俺はやってない。

だめだ。上手く考えが纏まらない。落ち着かなくては！

俺は冷静になるため瞑目すると、エア眼鏡を中指で押し上げた。

「ええと、ちょっと待って……。ノリちゃんがボウンってなって、現れたのが幼女さんで、確かにネットで『ようじょ！　ようじょ！』ってはしゃぎまわった事があることは否定しないけど、それはその場の空気であって、断じて俺はそんな傾いた趣味は持ち合わせていないと申しますか——」

「あるじー？」

「ごめんちょっと待ってね。ええと私に犯行動機はありませんし何でもかんでも心の闇に迫っちゃうような報道姿勢に異議を申し上げますしそもそもカツ丼を提供する様な行為は『便宜の供与』にあたる違法行為でございまして先程も申し上げた通り真摯な議論の上総合的に判断いたしま…………………………うん？　あるじ？」

「うん、あるじ」

そう言って幼女はキョトンと首を傾げた。

ちょ、ちょっと待って。うそ、もしかして……、

「の、ノリちゃん……なの？」

その子は人にすれば3歳か4歳くらい。天使も裸足で逃げ出すほど可愛らしい女の子。

白髪のおかっぱ。限りなく透明に近い白い肌。ぱっちりと大きい紫の瞳。小さく尖った鼻に可愛らしいおちょぼ口。上から見下ろすと髪の隙間から覗く小さいツノと、背中に小さい翼が生えているのが見える。

この姿は、このノリちゃんの特徴をそのまま持つこの子はまさか……っ、

「い、井川ノリちゃ～ん……？」

「は～い！　イガワノリでーすっ！」

俺は部屋を飛び出した。

◆3◆

――ドンドンドンドンドンドンっ！


「おいババア開けろ！」

返事が無いので再度ドアを叩いた。

「ババア！　天使だ！　天使が降臨したぞ！　元々天使だったけどやっぱり天使だった！　ワケがわかんねえ！　オイババア聞いてんのか！」

ドアを叩き続けていると、ドアの向こうから声が近づいてくる。

「なんだいうっさいね！　丁度昼寝してたところだったのに、何ワケのわからん事言ってんだい！」

「そのうち永遠に昼寝すんだからどうでもいいだろ！　とにかく開げぶべぇっ」

粉砕する勢いで開け放たれたドアに潰されて俺は吹っ飛んだ。

起き上がろうとすると、目の前にババアが仁王立ちしていた。額に血管が浮き出ているところを見ると、マジギレしてるっぽい。

「おいクソガキ！　もっぺん言ってみなァっ！　ブッ飛ばして欲しいのかい!?」

もうブッ飛ばしてるじゃねえか。

俺は怒りに震えながら立ち上がるも、頭一つ以上小さいババアを見下ろしフウっと力を抜いた。考えてみると俺にも悪いところがあったからだ。

致し方ないことではないか。誰が想像できるというのだ。こんな手すりにもたれ掛かったら確実に人身事故が起きる様なボロアパートに、天使が降臨するなどと。

そんな事、どんな稀代の賢者であっても無理だし、所詮相手は棺桶に片足突っ込んだ単なる大家《ババア》なのだ。

俺は生暖かい笑みを浮かべつつ、ババアに語りかけた。

「ババアさん、実は我が家に天使が降臨しましてね。とうとうババアのお迎えが来たのではと心配にまぐべらっっ」

俺は昏倒した。

思いっきり腰の入ったレバーブローであった。

「ふざけた事抜かしてないで家賃の工面でもしてなァっ！　ったく最近の若いモンは……」

ブツブツ呟きながら部屋へと戻っていくババア。

それを目で追いながら、バタンとドアの閉まる音が寒々しく雨音に消える。

しばらくして何とか立ち上がると、俺のズボンがクイックイッと引かれるのを感じた。目を向けた先に立っていたのは首を傾げながら俺を見上げるノリちゃん（幼女）だった。全裸の。

俺は直ちにノリちゃんを抱っこして自室に駆け込み、彼女を玄関に下ろすと外を確認する。そして誰も見ていなかった事を確認するとホッと胸を撫で下ろした。

パッと見、完全に犯罪者の所業であったが、そんなことはどうでもいい。ノリちゃんの素肌を衆愚共に晒すわけにはいかないのだ。特に男。見た奴は消す。存在ごと。

「あるじー　ノリなー　やらかしてもうた？」

振り返ると不安げに瞳を揺らしている俺の天使。

「やらかしてないよ！　ノリちゃん全然やらかしてないから！　あるじちょっとびっくりしちゃっただけさ！」

花開くような満面の笑みで「よかったー」と呟くノリちゃん。すると彼女は俺に向かって唐突に両手を上げた。『あるじ抱っこして』のサインだ。

俺は躊躇うことなく彼女を抱き上げ、短い廊下を抜けて部屋に戻る。

よいしょとベッドにノリちゃんを座らせると、彼女は不思議そうに自身の手足を眺めていた。

これはもう間違いない。

人化だ。

ドラゴンに限らず多くの高位の種族は、成長し知性を身に付ける過程で人化の技術を身に付ける。

そもそも論で言えば彼らが人化を行う必然性など無い。本来的に有する強大な力で、気の向くまま生活をする事を許された彼らが、弱者である人の形をとらなければならない理由などある筈も無い。この世界は清々しいほど弱肉強食だからだ。

だが、人という種族は多くの文明を築き上げ、そして便利な道具や施設を作り出す生き物だ。人という形を前提として作られるそれらのモノを利用するためには、やはり人という形を取らなければならないことが多いのは当然の帰結であって、物語上の設定とか、そんな人間に都合の良い要素など無い。

押《お》し並《な》べて長命である彼等にとって『退屈』は最大の敵である。そんな彼等が娯楽的感覚から自然と人化することを覚えていった事は当然と言えば当然であった。

だから人化自体は特別驚くべき事では無い。将来ノリちゃんが人化する事もあるだろうと、俺自身も普通に考えていた。

「ノリちゃん、痛い所とかおかしいところは無い？」

「うんとなー　ノリなー　てがながくなったかもっ!?」

しかし当の本人も何が起きているのか理解をしていない。

早すぎるのだ。

日常生活以外で、力の制御も儘《まま》ならない幼い彼女が、意図的に出来る事では無い。竜が2歳で人語を話す事自体が既に異常なのだが、人化するなどもはや聞いたことも無い。

何かのはずみで事故が起きてしまうかもしれないので、早急に手立てを考えなければならないが、とりあえずそれよりも優先しなければならないことがあった。

「ノリちゃん、とにかく服を着よう」

さすがに裸の幼女が部屋を駆け回る姿を目撃されて、説得力のある説明をする自信が俺には無い。

確かに俺はアホみたいな力を持つ元勇者でもあるが、今は何とか日銭を稼いで食い繋ぐ社会的弱者でしかないし、そもそもが信用の無い冒険者である俺の証言を、まともに聞いてくれる衛兵さんがいるとは思えない。目撃されたら即投獄だ。

「でもなー　ノリなー　ノリがおしゃれさんするとなー　あるじがいじめられてなー……」

目尻に涙を溜めて俯いてしまうノリちゃん。

この前のレストランでの出来事を思い出してしまったのだろう。

目に大粒の涙を溜めてプルプル震えるノリちゃんの頭に、俺は無言で手を置きよしよしと優しく撫でた。

「ノリちゃん、世の中にはね、本当にどうしようもない人たちがいるんだ。あるじをいじめたのはそんな悪い人たちさ。決して君のせいなんかじゃない。ノリちゃんはね、女の子なんだからお洒落《しゃれ》してもいいいんだよ」

「……ほんと?」

おそるおそるノリちゃんが俺を見上げた。そんな彼女を見て俺は思う。

許しを請う必要なんて無い。遠慮なんかしちゃいけない。誰よりも真っ直ぐで優しい君には、誰よりも幸せになる権利が有るんだ。

「ああ、本当さ。だからそんな悲しい顔をしちゃダメだ。ノリちゃんが悲しい顔をしてるとあるじも悲しくなっちゃうよ？」

すると俺の想いが通じたのか、天使はゴシゴシ涙を拭って、にぱぁと笑ったのだ。

「ノリおしゃれさんするー！」

◆
4
◆

「うんとねー　うんとねー」

前回も思ったが、やっぱりノリちゃんは女の子。

普段は服を着たがらないものの、いざ着るとなったら真剣だ。

この前同様、シエルさんからもらったお古が所狭しとベッドに広げられ、ノリちゃんが腕組みしながらウンウン唸っている。

人化してからずっと、今この瞬間までノリちゃんはすっぽんぽんだ。

こんなシチュエーションは二次元でしか聞いたことがなかったので、お約束的に目のやり場に困ったりするのかと思いきや、全然そんな事も無い。

そもそも幼女を尊ぶ趣味など持ち合わせていないし、何より俺にとってノリちゃんはどこまで行ってもノリちゃんなのだ。

そう思いながら何となく尻尾の生えたノリちゃんのプリプリおケツを眺めていると、唐突に背後から声が聞こえた。

『な、汝《なれ》よ……』

「アリアさん起きたの？　おはようさん」

『おはようさんじゃなかろうが！　いつかやるとは思っていたが、とうとうやらかしてくれよったな……っ！』

やっと起きたと思ったら挨拶もそこそこにブルブル震えるアリアさん。

「なによ、朝っぱらからテンション高ぇな。どうしたん？　更年期？」

『失礼なっ！　我はまだまだピチピチの現役じゃっ！　上がってなどおらぬわっ！』

始まってすらねーだろ金属生命体が。

俺は幾分投げやりな感じで話を切ろうとしたが、なにやらアリアさんがブツブツうるさいのでちょっとだけ相手をしてやろうと彼女と向き合う。あんまり適当に流し過ぎるとヘソを曲げて後々面倒臭いのだ。

『我は汝《なれ》の女じゃ。大抵の性癖はバッチコイな尽くす系女子じゃがのぉ、それだけは許さんぞ汝《なれ》よ……。ローリーさんだけは絶対許さんぞ、このド変態がっ！』

「はぁ!?　お前何言ってんだよ。俺はド変態でもローリーさんでもなければ、お前の男でも何でも無いっての」

『だったらその幼子は何じゃ!?　目を覚ましてみたら、すっぽんぽんの幼女が走り回ってるのじゃぞ！　それを涎《よだれ》を垂らさんばかりのニヤケ顔で見つめる汝《なれ》が、変態じゃなくて何じゃっ！　我は情けなすぎて涙すら出ぬわっ！』

もの凄い剣幕で捲《まく》し立てるアリアさん。これほどまで彼女が怒るのは珍しい。

俺は当初、またアホ剣《め》がワケわからんことを言い出したくらいに思っていたが、聞いてみるとなるほど。彼女は寝ていて事情を知らないのだ。

少しだけ冷静になった俺は、未だ状況を呑み込めていないアリアに最初から経緯を説明をした。

『じ、人化……じゃと……？　道理で見慣れた気配だとは思っていたが、まさかノリがもう人化するとはのう……』

井川さんちの駄目な方とはいえ、何だかんだアリアは俺と一番長い付き合いの相棒でもある。

ノリちゃんがもっと小さい頃から二人で成長を見守ってきたこともあって、彼女なりに思うところが有るらしい。

考えてみたらノリちゃんも大きくなったよなあと感慨に耽《ふけ》っていると、唐突にアリアがボソリと呟いた。

『ええのう……』

この頭の可哀想な井川家長女も、家族の成長を見守るという素朴な幸せを噛み締めているのだろうと、俺はガラにもなくアリアを優しく摑んで膝に乗せて、未だすっぽんぽんで服を真剣に選んでいるノリちゃんに目を細めた。

「ああ、そうだな。感無量っていうのかな、家族の成長を見守れるっていうのは存外な幸せ――」

『我も人化したいなあ……』

え？　そっち？

　正直それだけは勘弁してほしいと思いつつも、情感の籠った溜め息とともに吐き出されたアリアの言葉を一蹴するほど俺は鬼でもない。とりあえず聞くだけは聞いてやろうと話を振ってみた。

「な、何、アリアさん人化して何かやりたいことでもあるんですか……？」

　するとアリアは、キラッ☆　と光って、よくぞ聞いてくれた！　とばかりに捲し立てだした。

『我って意外と、ホラっ、着痩せするタイプっていうか？　可愛い鞘を着て悩殺☆　とか得意じゃし？　それに知っての通り、我ってば結構な美貌の持ち主じゃろ？』

　知らんわ。

「じゃろ？」ってなんだよ。シバくぞ。

　話を振らなければよかったと早々に後悔したが、スイッチが入ってしまったウチの剣《アホ》は満足するまで止まらない、というか止めるのめんどくさい。俺は額を押さえつつ無言で続きを促した。

『人化したら街を出歩いたりできるじゃろ!?』

「……できるな」

『そしたらな、ホラ、いつもギルドに行く途中に大通りの噴水があるじゃろ!?』

「……あるな」

『そこでじゃなっ！　超絶可愛い我が噴水の縁に腰かけていたら、あら不思議っ！　我を食事に誘う素敵男子がわらわらと――』

「相変わらず色々極まってんなお前……」

俺が冷ややかな視線を向けている事に気付きもしないアリアさん。

適当な相槌を『肯定』と捉える、勘違いアラフォー固有のパッシブスキルを如何《いかん》無く発揮する。

『他にもじゃ！　もし人化したら我はどうしてもやってみたい事があるのじゃっ！　汝《なれ》よ、気になるか？　気になるじゃろう!?』

「あーなるなる。ちょー気になる（棒）」

『どうしようかな～　言っちゃおうかな～　でも恥ずかしいしな～　どうしても知りたいって言うなら教えてあげてもいいんじゃけどな～？』

マジぬっ殺してぇ……。

俺は今すぐこの剣をヘシ折りたい衝動に襲われた。

どうしても言いたくさせてやってもいいのだが、たとえこんな頭がお花畑なアホ剣であっても俺の愛剣であることに変わりは無い。そのデタラメな明るさに救われた事だってあるし、旅の始めから今まで、常に俺を支え続けてくれた頼りない相棒なのは覆す事の出来ない事実でもある。

チラッチラッと、今でも俺の反応を覗《うかが》っているのが超絶イラっとするが、俺は何とか堪えて顔面の筋肉を総動員させた。

「お、おしえて、ほ、ほしい、な～」

すると、『駆け引き』はイイ女の嗜《たしな》みだと勘違いしているバカ剣《女》は、自信満々で宣言したのだ。

『う～ん、やっぱり恥ずかしいからや～めたっ♪』

「質屋だな。質に入れてやる。永遠《とわ》に」

そうして俺は元相棒を家賃の足しにするため、玄関に向かったのだが、半泣きのアリアさんが必死に懇願するので、とりあえず質屋だけは勘弁してやることにした。

『ほ、ホントはアレじゃ、ひぐっ……ふぇっ、わ、我はお部屋で一人のんびり、優雅にっ……ふぐぅ、休日を満喫したかったんじゃ……』

「通常営業ですね」

ニートは所詮ニートだった。あれだけ引っ張ってそれかよ。

俺が愛剣の残念さに眩暈《めまい》を覚えていると、井川家の出来る方の子が元気に声を上げた。

「あるじー！　ノリなー　これにきめたー！」

誇らしく胸を張って高々と掲げているのは、この前も一回着ていたブルーの襟付きポワポワワンピ。竜の形態の時は少しブカブカだったのだが、きっと今は丁度いいだろう。

一人で着られるか心配する俺を余所《よそ》に、ノリちゃんは嬉しそうにワンピースに袖を通す。そしてその場でクルリと一回りし、俺に向き直ると、こう言い放ったのだ。

「がおー」

「――――――ッ！」

圧倒的な天使力に対し、有象無象の一人に過ぎない俺に抗う術《すべ》など無い。

神通力にも似たソレに、脳天を打ち抜かれた俺はフラフラとよろめいた。

手にしていたアリアを杖に、生まれたての小鹿の様に膝を痙攣《けいれん》させながら何とか踏みとどまる。

俺は既に理解していた。余波だけでこれだ。直視すればあまりの眩さに目が潰れてしまうに違いない、と。

太陽に焦がれ、羽根を焼かれたイカロスの如く、人という種には超えてはならない領分というものがある。俺は今それを目の当たりにしようとしているのだ。

「くっ！」

それでも俺は人の業に抗おうと思った。

手を翳《かざ》し、目元を隠しながら恐る恐る光源に向かって視線を進める。

瞳を焦がされたっていい。後悔なんてしない。俺は彼女の晴れ姿を心に焼き付けたいんだ。

「の、ノリちゃん……っ」

俺は絶句した。なぜなら――、

「あるじー　ノリおしゃれさん？」

そこには天使がいたからだ。

「こ、ここ……」

「ここ？」

「こ、ここっ、こここここここ降ぉぅ～臨ぃぃ～～～んっっっ!!　だだだ大天使ノリちゃん様っ、ご降ぉぉ～臨～～っ!!」

俺は未だかつてない程の超高密度の魔力を右手に集めた。

その時にはもう、魔力が空ッケツになるまで写撃を敢行しようと決めていた。

「はいっ！　ノリちゃんこっちむいて～、いい！　いいよノリちゃん！　はい次はこうしてみようね～？　そう！　そのまま～……はい！　いいですよ～、いいですね～っ！」

もちろん単発などと愚かなことはしない。三点バーストなんて出し惜しみもしない。フルオート《ロックンロール》だ。

あらゆる角度からあらゆる表情を狙い、ようやく魔力が底を尽きかけてもなお、ノリちゃんの可愛さを収め切れたという自信は無い。あまりに底の見えない我が天使の実力に戦慄を覚えた。

俺主催の独占写真撮影会も終わろうとした時、ノリちゃんが少しだけモジモジし出す。どうしたのかな、と思っていたらノリちゃんが口を開いた。

「あるじー　ノリおしっこしたい」

そういえばノリちゃんは朝のおトイレがまだだった。

今日はちょっと肌寒いし、人化したてで色々慣れない感覚もあるのだろうと思う。

「じゃあトイレ行っといで。あるじはあったかい飲み物作っておくから」

「はーい！」

パタパタとトイレに向かうノリちゃん。

今の内に『ノリちゃんのあゆみ』に記憶を移そうと準備していたら、トイレに入ってすぐノリちゃんが戻ってきた。

「あれ？　ノリちゃんおしっこは？」

「うんとなー　およふくきてるとなー　なんかできんかったー」

ノリちゃん、まさかの全脱派宣言。

もっとも、小さい子にはよくある事だろうし、特に違和感は無い。他でもない俺が幼稚園の頃は全部脱がなければ大きい方は出来なかったので、なんとなく可笑しくなる。

微笑ましい気持ちでノリちゃんを眺めていると、彼女は一生懸命服を脱ごうとしていた。

「うんしょー　うんしょー」

着るのは一人で出来たものの、脱ぐのはまだ難しいらしい。服自体着慣れていないのだから当然と言えば当然なのかもしれない。

「ノリちゃん、あるじ手伝ってあげるからバンザイして。バンザーイ」

「ばんざーい」

すぽーんとワンピースを脱がしてやると、ノリちゃんはキャッキャッとはしゃぎながら俺の横をすり抜けてトイレに駆けて行った。

俺は何とも言えない温かな気持ちのまま、彼女が駆けた先をゆっくりと振り返る。そして絶句した。なぜなら――、

「クソガキ……、騒がしいと思って来てみたら……っ」

そこには羅刹《らせつ》がいた。

顔面を蒼白にしてブルブル震えるババア。

「ちょ、え？　お、おいババア落ち着け！　心筋梗塞《しんきんこうそく》を誘発す――」

「黙りなァっ!!」

こめかみが吹き飛びそうな勢いでブチ切れしているババア。一気に血の気が引いた俺は、冷静に現状を分析してみる。

①若い男の部屋に見知らぬ幼女。
②脱ぎ散らかされた子供服。
③笑顔で幼女の服を脱がす男。

三倍満だった。

「き、聞いてくれババアっ！　違うんだ！　誤解なんだ！」

「あたしゃ黙れって言ったぞ……。這《は》い蹲《つくば》れクソガキ。尾てい骨が頭蓋骨にメリ込む様なローキックをお見舞いしてやるよっ！」

そんなのもうローキックじゃねぇよ！

だが俺は知っている。このババアはやると言ったらやる。

ババアから噴き出る膨大な闘気に目が霞《かす》んだ。

話を聞いてもらえるような雰囲気ではない。とにかく俺が生き残るためには、このババアを止めなければ何も始まらなかった。

フルオート《ロックンロール》のせいで魔力が残り少ないとはいえ、そもそもの母数が膨大。短時間なら全力を出すことに支障は無い。俺は瞬時に限界まで身体強化を施して叫ぶ。

「か、陽炎っ！」（物理的12分身　固有魔法《マガ・スペラ》）

迫撃戦用の秘策だ。幻影魔法やら単なる分身の術といったようなチャチな魔法ではない。俺という一つの意識を共有する12体の物理的肉体《おれ》がババアを包囲する。全力の身体強化を施した12人の俺全員でババアを取り押さえるのだ。

「くっ、手荒な真似はしたくないがしょうがない。ババア、ここは少し大人しくしてもら――」

「死ねぃっ！」

唐突にババアの姿が揺らいだ。と思ったら八人の俺が消滅した。

「ちょ、え？　ば、ババアさんちょっと待っ」

残り三人が消滅した。うそでしょ。

「あたしゃ這い蹲れって言ったよォ……」

背後から声が聞こえた。

ブリキ人形みたいに軋んだ音を立てながら、首だけで背後を振り返る。凶悪に嗤《わら》うババアがいた。

「這い蹲りなァ……」

「…………………………はい」

悟りに近いものがあった。無我の境地だった。

黙って四つん這いになる。己の持てる力の全てをケツの障壁に回した。

来るのだ、俺のケツに。人知を越えたローキック《災害》が俺のケツに降るのだ。

数瞬後、風切り音と共に障壁が破壊された事を認識したのを最後に、

俺の意識は暗転した。

＊　＊

老婆は一人、自宅で茶を啜《すす》っていた。この国ではあまり見ない緑茶だ。

コトリとちゃぶ台に湯呑みを置いて、ホウっと息を吐く。

「まさか、人化まで出来る様になってるとはねェ……。意図的には出来ないみたいだけども」

泡を吹いて倒れる主人の周りをオロオロと駆け回っていた幼女は、隙間風を受けて可愛いくしゃみを一つ。ポウンっ、という音とともに元の姿に戻ってしまった。

それを思い出したのか、老婆は皺だらけの頬を少しだけ緩めて楽しそうに笑う。

「偶然ってのは……面白いねェ」

老婆の頭を過るのは、彼女の若かりし頃の峻烈な記憶。出会い、別れ、そして消えていった人々と、大切な人との大事な記憶。それは一片の物語に綴《つづ》るにはあまりにも膨大で、激しく、そして嫋《たお》やかな夢の軌跡だ。

老婆は自嘲するように鼻を鳴らすと、部屋の隅に設置された仏壇に穏やかな視線を向けた。

「あんた、見てるかい？　約束の竜は元気に育ってるよ。彼女との約束もきっと……、いや」

老婆は静かに首を振った。

ふふっと静かな微笑みの奥、彼女は一体何を想うのか。

語らず、口を閉ざす彼女はただ独り、胸に宿るその想いを噛み締める。

「それはあの小僧に託すしか無いかねェ」

澄んだ瞳が向ける先。

頼りない青年と暮らす小さな竜。起伏に富んだ尊い日常と、騒がしくも慎ましやかな彼女たちが暮らすであろう小さな城。

老婆は一言「頑張るんだよ」と呟くと、また一口、お茶を啜った。

第二巻へ続く

◆あとがき◆

「あんたさぁ、お金にならないアホみたいな小説書いてどうすんの?」

これが僕の趣味を知った妻の最初の一言だった。

バカな! 君は『趣味』というものに一体何を求めているのだ?

古今東西、男女の出会いは相手の趣味を探るところから始まった。

ピアノですわ。お花を少々。乗馬を嗜《たしな》んでおりますの。日本舞踊にも興味がありますのよ。

釣りです。いや、釣りは良い。かの開高健先生の著書『オーパ!』の冒頭で記された、中国古諺の如く、人生の一端がそこにあります。機会がありましたら是非ご一緒したいものですな。

ははは　おほほ　それが趣味だ。

ピアノの月謝はいくらだ? お花の購入費は? 着物がいくらするか知っているのか?

釣りだってそうだ。郡山《こおりやま》から海に出るだけでガソリン代だってばかにならない。我が愛しのキューブちゃんの摩耗だって減価償却的に考えて欲しいし、竹竿と木綿糸で魚が釣れたら漁師は廃業だ。

つまりだ。そもそも趣味というものは、心の充足感や幸福感を満たすため、少なくない財物を支払う行為なのだ。これを悪だと切って捨てる気もなければ、そんな勇気も持ち合わせてはいない。

生きるためには必ずしも必要としないそれらの行為に救われる人々や、自己実現を成し、有意義に人生を送る人たちが圧倒的多数を占めているからだ。

そんな中、必須インフラとなったネットに接続している、ただそれだけで出来る趣味を持つ夫に、君はむしろ感謝すべきではないのか。家計に負担をかけずに幸せでいられる人畜無害な夫に、最初に放つ言葉は「ありがとう。愛してるわ」ではないのか。

僕は憤慨した。いや、激怒したと言ってもいい。だから僕は万感の想いを込めて言い放ったのだ。

「お金がかからない僕の趣味を、とやかく言われる筋合いは無い……っ！」

一節に圧縮された完璧な反論を受けた妻の反応はこうだった。

「私はねえ、お金にならないアホみたいな小説書いてどうすんのかあんたに聞いてんの。それともお金になんの？」

なんたる言い草だ。なんという暴論だ。

もう彼女には何を言っても無駄だ。理解するつもりが無いのだ。だとしても僕に後ろ暗いところなど無い。やましい事も無いし、下を向く必要も無い。胸を張るべきだ。堂々とするべきなのだ。

「お金になりません！」

「じゃあ謝って」

「すんませんでしたっ！」

鬼嫁だった。畜生！　見てろよ！　きっといつか……僕だって！

そうして癒される事無き屈辱を胸に書き続けた僕も、転職を機に、デスマーチという名の戦場で心身を疲弊させ、家でＰＣに向かうことなくベッドにダイブする日々が続く。

あの日の屈辱も、日常という激流に必死で蹠《もが》く内に、次第に薄れていった。それが良い事なのか悪い事なのかもわからぬまま、ただただ僕は毎日を生きていた。

そして運命の日は唐突にやってきたのだ。


——書籍化のご相談をさせていただきたい。


我が目を疑った。やってくるはずの歓喜は一向に顔を見せず、困惑だけがいつまでも僕の中に居座っている。だが、そんな心理状態の中でも、たった一つ、僕の中には確かな想いが有ったのだ。

嫁にヒリつくようなドヤ顔を披露してやる。

「おい嫁！　聞いて驚け！　お前が以前馬鹿にした小説。書籍化するよ。お金になるんだ！」

生涯最高のドヤ顔をキメた僕に対して、妻が放った一言はこうだった。

「ふーん。そんで？　売れるの？　売れないの？」

「そういう問題じゃなくて！　僕はお金になるかならないかの話をしているんだ！」

「あたしはそんな話してない。聞いてんのは売れるのか売れないのか。そんで？　売れるの？」

僕は……っ　僕のノリちゃんは……っ！

「う、売れる！　……とは言い切れません……」

「じゃあ謝って」

「すいませんでした……」

神様お願いします……、売れて下さい……。


「あとがき4ページお願いします」と言われて、正直何を書けばいいのか全然わからなかったので、僕の小説に纏《まつわ》るアレコレを物語風に書いてみました。

小説は僕の趣味です。それが本になる。その事実だけでもお腹いっぱいなので、それほど売れ行きに興味が無いのも、偽る事無き本心だったりします。

それでも素直な感情として、感謝せねばならない、感謝したい人たちがいます。

それは、我が家の暴君に対し、反撃の狼煙《のろし》を上げるキッカケを下さった皆様。

担当の池島さん。声をかけて下さった稲垣さん。出版して下さるアース・スターノベルさん。

イラストを引き受けて下さったokamaさん（まさかの天上の先生）。最初にノリちゃんを描いてくれた七海ちゃん。そして何より僕の小説を読んでくれた「小説家になろう」ユーザーの皆様と、この本を買ってくれた皆様。心より御礼申し上げます。

本当にありがとうございます。

ゆうたろう

ノリちゃんカワイイ！
この本はスルッと気楽に読めるので、
キャラデザインも
こだわりがベタつかないように、
削って削ってシンプルにしました。
モノクロイラストは
バラエティー感を大切にしてます。
いろんな画材を使い挑戦しました。
楽しんでもらえたら嬉しいです。
３つ折りのグラビアポスターは
冒険者たちの妄想です。
次巻は大家さんです！

okama

天然で、何を考えているか判らなくて、
日々街に出ては無銭飲食をして暮らす
黒髪の美少女パエリア。
彼女は、
究極で最強の
大魔王だった!?
藤孝剛志
Tsuyoshi Fujitaka
イラスト・瑚澄遊智
Yuuchi Kosumi
大魔王が倒せない
Nobody beat DAIMAOH!
1 大魔王対大魔導師

美少女大魔王の華麗な戦いと
ユーモラスな日常が始まる!
藤孝ワールドの原点が、
華麗なる絵師・瑚澄遊智との
コンビで書籍化。
web連載版から大幅に加筆し、
ぶっちぎり最強の大魔王コメディがついに登場!

EARTH STAR NOVEL

異世界最強は大家さんでした　1

発行 ―――― 2015年2月13日　初版第1刷発行

著者 ―――― ゆうたろう

イラストレーター ―――― okama

装丁デザイン ―――― 川谷康久（川谷デザイン）

発行者 ―――― 幕内和博

編集 ―――― 池島幸大

発行所 ―――― 株式会社 アース・スター エンターテイメント
〒150-0036　東京都渋谷区南平台町 16-17
渋谷ガーデンタワー 11F
TEL：03-5457-1471
FAX：03-5457-1473
http://www.es-novel.jp/

発売所 ―――― 株式会社 泰文堂
〒108-0075　東京都港区港南 2-16-8
ストーリア品川 17F
TEL：03-6712-0333

印刷・製本 ―――― 中央精版印刷株式会社

ISBN 978-4-8030-0684-1